世界華文作家交流協會 編著

代序

心水

世界華文作家交流協會部分文友、應河北省邯鄲旅遊局苑清民局長之邀到邯鄲觀光一週，組成十八人采風團。於2016年5月12日分從澳洲、美國、加拿大、荷蘭、德國、新加坡、馬來西亞、印尼、沙勞越、河南、河北等地區抵達鄭州及邯鄲賓館報到，展開了七天愉快的文化之旅。

文人旅遊後自然喜歡舞文弄墨，因而旅遊文學名著「徐霞客遊記」始能留傳至今讓後人欣賞。本會文友們參加采風後亦紛紛「敲鍵」創作、將行程中見聞與感想記錄成文，編輯結集而有了這部文選：「來一次尋找的旅行」。

首先讓我代表全團文友們衷心感謝苑清民局長的邀請、感恩全程陪同的史少華處長、倪洋、張昕、張龍、張可。十三日路過安陽時、謝謝本會名譽顧問黃添福董事長設盛宴招待文友們。

感謝采風期間接待的各機構負責人包括：趙宏海副局長、邯鄲作協主席趙雲江、牛蘭學、李琦、王承俊、祈向東、高振東、溫王林，王學峰、楊彥苗、張紫言、劉俊梅、李海傑、李增書、李玉茹、張書明、朱獻東、康玉娥；劉國印、魏聚忠等

（恕不稱呼、恕難盡錄）以及十八日歡送餐會的邯鄲旅遊局陳軍副局長。

特別感激張記書副祕書長促成本會文友們到他家鄉觀光；謝謝為采風團全程拍攝精美相片、文壇後起之秀韓立軍文友。

呈現此書的作品文體含括了散文、詩及短歌等，首篇是苑局長大作「邯鄲故事多、請您來作客」；擲地有聲的題目對尚無緣觀光邯鄲的讀者經已是充滿了誘惑，收錄的近三十篇作品讀後，必然會對幾千年文化古城邯鄲刮目相看呢。

附錄佳作是韓立軍的活動紀實：「文化的饕餮大餐、文學的海天盛宴」，原稿八千餘字，淋漓詳盡；雖被縮少了五千字，文采依然、實為不可多得的記錄。

晨露所撰「邯鄲采風初錄」對行程細節用心介紹；張可皈依佛教後、將與甘露寺的緣份娓娓述說，我們最後一站有緣瞻仰千年古剎，是要感恩張可安排呢？

著名詩人王學忠描寫京娘湖及甘露寺，兩篇散文處處透著詩情畫意；林錦介紹糧畫小鎮，文學博士的作品題材獨特，值得欣賞。新加坡著名詩人寒川的十首組詩，功力非凡，篇篇均盈溢詩情。莊雨的佛都結佛緣，娓娓述說著與荷蘭著名中醫生池蓮子文友結緣過程，真是有緣萬里來相會的美麗故事。

倪立秋的作品不愧是學者散文，仰視邯鄲感受中華文明的厚重與質感，另一篇有穿越時空的感嘆。譚綠屏重點描寫了廣府城太極拳聖地。袁霓走進歷史走出現代的五篇短文，述說黃粱美夢、古都、陶館、一二九師及響堂山石窟等景點觀感。周永新的七律是唯一的傳統詩作、此外解說了邯鄲學步與介紹古城邯鄲的史蹟。

張記書不愧是中國一級作家，這位多產的著名微型小說大作家，提交的竟都是詩作品，用幾則成語為題寫成詩，可讀性強令人佩服。朵拉的三篇散文，是如詩似畫的美文，著名的多產作家兼畫家確是不同凡響啊！林楠詳述對古城的深刻印象，是一篇極佳的觀光導覽。

在墨爾本被譽為才子的沈志敏，先後兩次榮獲臺灣星雲文學大獎的作家，對邯鄲三千年的追問，歷史觀照祥盡，不愧是出自著名作家的佳作。本書主編艾禺此次對古城旅行、尋尋覓覓的找出了這部專著的「書名」，身為中文祕書亦是新加坡作協副會長，才女作家兼編劇編審等身分，名不虛傳也。

婉冰是澳華作家群體中撰作短歌與漢俳能手，得力於她古文的修養，提交十五帖短歌詩作、描繪了七處引人的古城名勝；她的散文也盈溢詩意。

本書面世後，池蓮子文友已成為本會新屆祕書長，這位荷蘭知名中醫暨著名詩人的文章，描寫了邯鄲名城、廣平府及大名古城等名勝，所造之夢引人深思。最後是老朽的兩篇粗淺文字，讓讀者們見笑了、因而不值一提。

讀罷全書初稿，從最後一篇開始每位作家都有略為提及；全屬老朽個人主觀感想，絕無評論作品高下好壞之意。等讀者們有緣捧讀時，將會相信此書作者們，能成為「世界華文作家交流協會」成員之一，起碼「作家之銜」是實至名歸也！是為序。

2016年9月28日（教師節），於墨爾本。

目次

Contents

晨露／散文

附錄

采風團與黃添福董事長(正中白襯衫)合影

全體團員與邯鄲旅遊局局長苑清民教授（前排居中者）及邯鄲作家們合攝

采風團團長心水贈書於邯鄲市圖書館館長祁向東先生

采風團攝於媧皇宮

全體團員合照於七步溝

七步溝天門湖酒店外留影

全體團員攝於地質公園博物館

邯鄲大名歡迎作家團

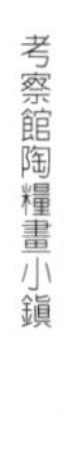
考察館陶糧畫小鎮

采風團明城牆上留影

邯鄲采風團十美圖

甘露寺究成大法師與作家們合攝，2016年5月18日。

團長心水贈錦旗於邯鄲市旅遊局副局長陳軍女士

苑清民

苑清民（中國）男，1965年出生，中國河北省邯鄲市人，在職研究生，律師，高級職業指導師，邯鄲大學客座教授，河北省社會科學院、河北省旅遊研究會特邀研究員，市攝影家協會名譽會長，邯鄲市地方文化研究會常務副會長，市作家協會名譽主席。現任邯鄲市旅遊發展委員會主任、世界華文作家交流協會學術顧問。

苑清民先生文化底蘊深厚，對邯鄲歷史文化研究深入，兼任《邯鄲文學》、《中原旅遊》雜誌社長。所主編的《邯鄲成語典故》獲河北文藝振興獎，被認為是闡釋「邯鄲—中國成語典故之都」的里程碑之作；《邯鄲文化旅遊叢書》之《邯鄲名居》、《邯鄲名勝》、《邯鄲名媛》、《邯鄲名賢》等，全面展示了邯鄲文化的獨特魅力，被稱為邯鄲文化典範讀本。

邯鄲故事多　請您來做客

每天，當金色的太陽從東方升起，一趟列車就會從首都北京出發，風馳電掣般地向南飛奔，猶如脫弦的利箭勢不可擋。行至京廣高鐵四百五十一公里處，在燦爛的霞光裡，一座古老而又充滿生機的城市屹立在面前，這就是——邯鄲。

中國歷史文化名城邯鄲，有著三千一百年的建城史和一百五十八年的建都史，可謂歷經風雨滄桑。在這片神奇的土地上，演繹過無數威武雄壯的歷史活劇，留傳下驚天動地的千古傳奇。這裡古文物古遺址俯拾皆是，漫步阡陌原野，一腳就可能踢出個古董來。庶民街談巷議，隨口就溜出一串串成語典故。這裡星羅棋佈的國家級、省市級四百四十七處重點文物保護單位，蘊含了豐富多彩、氣韻萬千的人文歷史，著名的史學家李學勤先生曾說過：「邯鄲遍地是黃金」當是不虛之言。

歷史，留給邯鄲的這些數不盡、道不完的故事，常常被引為邯鄲人的驕傲。燕趙大地自古多慷慨悲歌之士，趙武靈王實行胡服騎射，開古代變法圖強、改革開放之先河；藺相如回車避讓、廉頗負荊請罪成就了「將相和」的千古佳話；荀子從這裡走出，集儒家之大成，揮毫著書立說；秦始皇在這裡出生，受趙地之滋養，成就千古一帝；曹操在這裡立業，逐鹿中原，功成三分歸一統；楊露禪、武禹襄在這裡創建楊、武式太極拳，終為一代宗師，蜚英天下。先人們留下數以千計的成語故事，讓邯鄲榮膺「成語典故之都」，承載著邯鄲文脈的精髓，也鑄入了邯鄲人民的魂魄。

歷史，留給這裡一處處斑駁的歷史古跡，是這座城市最寶貴的文化遺產。歷史車輪的無情碾壓，曾讓輝煌一時的趙國都城褪下金色的外衣，但趙文化的光輝卻仍在新時代的潮頭熠熠發光。趙武靈王歌舞閱兵的叢台雖早已物換星移，但依然阻擋不了人們「千年此地尋遺事，獨對西風上古台」的嚮往。還有曹操橫槊賦詩的銅雀三台，誰不想再來聆聽蔡文姬悲憤激昂的聲聲胡笳？登上北齊開鑿的響堂山窟，誰不想親睹一下邯鄲古道上千載肅穆的佛陀風采！

邯鄲的自然風光也得天獨厚：綿延起伏的太行山脈，這裡的山山水水、一草一木都長滿了故事。川流不息的滏河、漳河、大運河，日夜流淌著美麗的傳說。京娘湖、黃粱夢、廣府城給這座古老城市增添了多少靈秀之氣？邯鄲就像是一壺歷久彌香的陳年老酒，能讓你陶醉，能讓你流連，能讓你魂牽夢繞……

遊覽邯鄲的朋友，你一定會有個深刻的感受：這裡「有內涵，不簡單！」。

熱情的邯鄲人民，正向天南海北的遊客敞開雙手：「邯鄲故事多，請您來做客！」

心水

原名黃玉液、祖籍福建廈門翔安，於南越巴川誕生。1978年攜眷海上逃亡，在怒海上賭命十三天，最後淪落印尼平芝寶荒島十七日，後獲救到印尼丹簮比朗難民營暫居中心，翌歲三月被澳洲收留，定居墨爾本至今。

業餘喜好文學創作，已出版兩部長篇、四冊微型小說集、兩本詩集和兩部散文集。

共獲臺灣、北京及澳洲等地十四類文學獎，並獲澳洲聯邦總理、維州州長及華社團體頒十六項服務獎，2005年獲維州總督頒多元文化傑出貢獻獎。

三首詩作英譯入編澳洲中學教材、四篇微型小說入編日本三重大學文學系教材。作品被收入多部辭典，小說、詩作入編澳洲華文文學叢書。

現任「世界華文作家交流協會」創會名譽祕書長、「世界華文微型小說研究會」理事。中國「風雅漢俳學社」名譽社長。

小城故事多

——邯鄲古城采風記

早年就讀南越華埠堤岸福建中學、國文老師教導作文時、強調應用成語的重要性；在無數成語裡、舉出十多句講解。自然包括了「邯鄲學步」、這句大多數人都能琅琅上口的成語。於是「邯鄲」這個地方、便成為往後記憶中熟悉的名詞、只知是屬於遙遠中國眾多城市裡的地名之一。

這個小城市究竟在神州廣闊土地上、屬於何省何地何方向？我並沒有深入查究。沒想到大約在二十年前，應邀參加在曼谷舉行的東南亞地區文學研討會；各國文友交流時有幸與來自河北的作家張記書先生結緣。接過名片時、赫然瞧見通訊地址上印有「邯鄲」這地名，心中竟浮動著似曾相識的親切感。

忘了有多少次在各種各式國際性華文文學會議上、與張記書兄重逢話舊了？某次開會、再遇到這位已成為中國一級作家時；陪在他身邊的年輕文友張可、原來是他千金？老朋友真了不起、父女兩代同時出席世界性華文作家會議，實屬少有喲！

幾年前回鄉探親、在添福堂弟安排下、與內子婉冰從廈門乘內航班機飛往鄭州，再乘專車去安陽市。在安陽市期間、偶而得知去邯鄲市不過五、六十公里左右？不覺心動、即時給記書兄打電話，想專程前往探望交往多年的老朋友。可惜他當時身體微恙不便接待我們，悵惘中只好繼續原定行程；近在咫尺，竟與邯鄲這座幾千年名城失之交臂。

中國知名詩人王學忠先生、原來家住安陽；當年「世界華文作家交流協會」還沒有創會，自然尚無緣與這位名揚華文詩壇的詩人結識。不然人在安陽豈能不約他相見呢？去歲四月「世界華文作家交流協會」又組團，到廈門與武夷山采風一周；邯鄲市的大作家張記書、安陽市的詩人王學忠均應邀參加。一位是老友重逢、一位是新朋歡聚，實在盈溢滿心歡喜。

聆聽過無數次「小城故事多」這首膾炙人口的華語名歌，是英年早逝的一代名歌星鄧麗君所主唱。只知道這位天王級的歌后是臺灣歌星，還沒有去邯鄲之前，真不知道這座三千一百餘年古城是中國美女之鄉；鄧麗君的祖籍就是邯鄲，所演唱歌詞中陳述「故事多」的「小城」，當然是邯鄲啦！到過邯鄲市觀光的客人們、都會確認也唯有邯鄲、才夠資格被鄧麗君歌后唱頌為「故事多」的小城呢！

五月十三日晚上在邯鄲賓館歡迎會上、遠道而來的世界華文作家交流協會采風團全體作家們，人人獲得邀請單位「邯鄲市旅遊局」贈書；厚重的那部是由「世界華文作家交流協會」學術顧問、「邯鄲文學」社長苑清民教授主編的「邯鄲成語典故」精裝冊。全書厚達七百餘頁，收錄了幾千句成語。作家們如獲至寶，老朽孤陋寡聞、直至接獲這部贈書時，方知悉邯鄲竟然是中國成語之鄉呢！

中國成百上千的各大小城市鄉鎮、三千餘年來經歷了無數朝代，邯鄲市始終沒有被更改名稱，依然保留了原來邯鄲市名，實在是古城值得驕傲的奇蹟喲！

主城區住著一百餘萬居民的邯鄲，在人口眾多的中國、算起來只是一座小城鎮。難怪在世界各國及華僑、華裔眾多的東南亞，邯鄲市像顆隱藏著的夜明珠，閃爍的光芒幾乎尚未顯耀？因而這座有著厚重文化的名城，竟被忽略了？不受重視自然就沒有海外旅行社組團前往旅遊觀光。

到了邯鄲後，有緣結識不少新交、驚訝萬分的發現，邯鄲人普遍都有著純樸的素質；作家張記書、張可與韓立軍因是文人，有深厚的文化根基、擁有高素質自然不足為奇？在幾天接觸中、首晚歡迎宴上苑清民局長擲地有聲的致詞、文詞典雅得體，聆聽時即讓海外作家們深感敬佩；比之老朽膚淺發言，必定讓在座的邯鄲朋友們見笑啦？

像年輕導遊倪洋的有問必答、熱心服務；隨團照料的佳麗史少華處長、經常清甜微笑、令文友們如沐春風；兩位駕車師傅不苟言笑專心安全駕駛，張昕、張龍熱誠協助大家、每次上車不忘派發瓶裝水等等表現，都令文友們難忘。

那年參加上海世界博覽會後、順道去遊黃山；前歲組團到廈門采風，特別要求邀請單位黃添福董事長安排作家們遊武夷山。到了邯鄲才知道，被譽為華夏龍骨的太行山近在咫尺；十六日那天我們爬上六百餘級石梯，到達北響堂寺石窟參觀，人就在太行山半山腰啦！當時、忍不住面對山下滾滾紅塵處高聲呼叫，激動心情猶若面對絕世佳麗般的無法自拔。

居然會在三台遺址景點、見到曹操的宏偉大石像，實在深感意外；在臨漳鄴城遺址觀訪，遙念六朝古都當年繁華風光，唏噓歲月嘲笑著我這老朽懷古之情。

徘徊在大名明城牆上，心念著那些建築城堡的人，如今安在呢？到「七步溝」時、面對那無波無浪清平如鏡的綠水，寧靜之心不禁泛起一圈圈漣漪，如能於此終老，夫復何求啊？

考察京娘湖，美景似仙鄉；趙匡胤千里送京娘留下悽美的動人傳說，美京娘殉情表貞潔，成就了情湖愛島供遊人懷舊的景區。

果真有蓬萊仙境呵，到黃粱夢鎮時、大家有點飄飄然，好像人仍在夢遊中？大石牆外龍飛鳳舞雕刻著四個大字「蓬萊仙境」的揮毫書法，傳說是八仙之一的呂洞賓化身送來的墨寶呢！大家爭相拍照存念。

不到邯鄲還真不知女媧補天的事蹟，華夏祖廟「媧皇宮」在此屹立；我們風雨中站立在媧皇宮前的大廣場列隊攝影，立足處竟是「補天廣場」。供奉的女媧主殿名為女媧閣，高高懸在半山活樓之處。女媧煉石補天的神話萬古流傳著、如詩似畫的代代傳遞；這個景區座落在經已是萬年前的新石器時代遺址上，難怪是全國重點文物保護單位呢！

十五日身體忽感不適、經過一夜安眠、翌晨已無大礙；行程是要去北響堂寺石窟，心想反正是乘車、到了再算。抵達目的地後，下車一看、天啊！石窟是在太行山半山腰之處；石窟佛像雕塑尚未對外開放。由於我們是旅遊局邀請的海外賓客，崎嶇不平的石路入口守衛、也就讓大巴直驅到山腳。

新修葺的石級每上十來二十級、便是平地，前行十幾步又是石梯級。一直到達石窟所在，竟然多達六百餘級；大家邊行邊上石級，談笑中不知過了多久？全體文友陸繼都到了，自然也包括了老朽。本以為嬌柔體力不濟的賢妻婉冰，定難攀登？反而是我氣喘吁吁的趕至，只是難為了詩人王學忠在我身旁緊張的扶持、感激之情無以言表。

窟龕內的牆壁雕著各式各樣的佛菩薩、或坐或臥或躺或入定；表現出東魏北齊時代的雕刻藝術。類似的石窟在附近多達二十餘座，真想像不出當年的藝術家們、如何攀爬到半山腰去雕塑？

十七日觀訪了大名縣的天主教教堂，聽修女陳述該古老教堂歷史。再去館陶糧畫小鎮，沒去前絕不會想到繪畫藝術中，竟然存在著用穀物糧食製造出一幅幅特殊的「糧畫」？畫室內十餘位少女們面向畫桌、專心的將一顆顆穀粒貼到畫布上。展出糧畫精美奪目、畫框下都有標明售價。

賦歸日、早餐後先觀訪廣府古城、這座二千五百年前建造的古城、城牆於明代時重修；巍峨壯觀、氣勢懾人，大家徘徊城上觀賞四周風光。免不了各自尋找背景拍照，留待念想。

昨天到過天主教堂，今日最後一站是到甘露寺禮佛，意外之喜的是該寺院住持究成大法師，在寺門外率領弟子們列隊歡迎，並以佛教最高禮儀為作家們披掛上黃色「哈達」。我們有緣觀賞了楊式太極拳第六代傳師、楊建超教練率眾門徒在寺院前表演了上乘太極拳功夫。

依依惜別時、文友們莫不向車外的究成大法師及僧眾盡力揮手，此別可能後會無期了？這番思緒似塊鉛石般重壓心頭，久久難散。黃昏前安抵鄭州、剎那間人人歸心似箭，只待明朝啟程各奔歸途了。十九日文友們於不同時段、由張龍先生親送到鄭州機場，「世界華文作家交流協會」的邯鄲采風團、總算圓滿歡散了。

2016年6月15日，於墨爾本無相齋。

甘露寺

——瞻仰邯鄲千年古剎

空門寂寂兩重三千此處無須說
自性坦坦沙河妙德不向他方尋

「世界華文作家交流協會」十八位文友、應邀前往河北邯鄲采風、將近一周的美好時光瞬間即過；五月十八日大家依依不捨的與美麗古城邯鄲揮手告別，乘大巴士去鄭州。

邯鄲旅遊局的史少華處長、與本會在邯鄲定居的張可文友（代表當地文聯）、以及「世界華文作家交流協會」邯鄲成員、年輕作家韓立軍一齊隨車相送。大家本以為是直奔鄭州酒店，沒想到臨別時竟然再給作家們一個意外驚喜。張可文友歸依佛教，可能是她要求安排讓來自海內外作家們、到她歸依的寺院參訪與禮佛吧？

途中、車停在永年縣廣府古城東關幾百公尺外的路南方，映眼是在佛寺山門外的廣場。但見一位穿著袈裟的出家人合十迎候，大家魚貫步入圍牆，才赫然發現人已在甘露寺內古剎前空曠場地、置身兩隊僧尼們排成莊嚴的隊伍當中。

甘露寺住持究成大法師、慈祥合十為禮，由張可文友引見下、依次為作家們獻上哈達。身為團長的我、自然是首先接受這項佛教寺院歡迎貴賓的最高禮節。但見究成大法師從一位弟子手中、接過長長的黃色綢緞布條，雙手為我掛到頸上；緊接著再送上一串崖柏念珠、崖柏木料極為珍貴，上山採擷是充滿危險與困難，念珠散發著微微香味，接過後老朽連聲鞠躬道謝。

然後我被引向前方、十餘位文友依次均受到如此隆重的接受哈達歡迎禮、以及領受貴重念珠，大家心中剎時感到無比的榮幸與高興，這座千年古剎甘露寺的住持究成大法師、轉瞬間已深深感動了文友們。相信采風團全體作家們，雖然五湖四海都走遍了；但接受佛教這項最高禮儀，應是生平首次吧？感恩、開心、榮耀種種思緒飄飛自不在話下。

承傳天臺宗法脈的究成大法師、親自帶領大家開始參觀這座古剎；邊行邊介紹、娓娓道來如數家珍。甘露寺原來始建於一千四百餘年前的北魏時期，在歷史長河中歷盡滄桑、見證了歲月更替的興衰。

初建寺時名為「甘草寺」，由於隋煬帝三女南陽公主、不滿父親施行苛政，憤而削髮為尼、法名妙善。暴君知悉後大怒、派兵追殺女兒；妙善避難於甘草寺，終為父不容、追兵發覺後將甘草寺焚燒、陪葬者竟是幾百位無辜僧尼。南陽公主被農民起義軍首領夏王所救、送往河北西部蒼岩山修行。

到唐朝佛教中興，重修甘草寺並改寺名為「甘露寺」、至明代又再修築。民國初期寺院又因土匪混戰、被戰火將全寺燒毀。文革期間、千年古剎再次受到摧殘。所幸於二零零六年起、由矽谷化工集團的宋福如總經理發菩提心、出資修建甘露寺，經過幾年修繕、寺院重建已接近尾聲，如今重修後的甘露寺佔地總面積是四萬五千平方公尺；已建成的寺院面積是八千平方公尺。

迎面是莊嚴的天王殿、供奉佛菩薩寶相莊嚴，殿宇頂端與地面相距約七、八公尺，仰望時令人有高不可攀之慨。穿過天王殿後、走過空蕩蕩場地，大雄寶殿宏偉屹立眼前。殿外兩邊高柱雕刻的對聯如下：

空門寂寂兩重三千此處無須說

自性坦坦沙河妙德不向他方尋

心中默頌後、念及如此佳聯理當存錄，趕緊用相機拍下。寶殿內一如天王殿般的無比宏偉；信仰佛教的文友們紛紛面向佛菩薩合十鞠躬。老朽也點燃心香，合十祈求佛菩薩們無邊法力、庇佑天下炎黃子孫們都無災無難、幸福如意、生活美滿。禮佛後通過大雄寶殿、再往前行、後座便是藏經樓了。

東側由南至北依次是素食館，自然是寺院內用餐之處；客堂應是接待所在，然後是齋堂、接著是方丈院，猜想是住持法師的寓居庭院。我們步過長廊去到西側方向，由南至北的建築物是講經堂、僧寮、禪堂和安養院。

住持引領我們進入禪堂，說要讓大家安心靜心；堂前臺上擺放了長形講桌，台下安放布枕墊子。文友們入座後，每人座前有一杯清水、一本用來抄寫「般若波羅蜜多心經」的冊子，自願取回去抄寫者、抄後務必寄回寺院。

寂靜中、聆聽講解人介紹寺院歷史，再來是住持開示，表達歡迎世界華文作家采風團的蒞臨。最後提及寺院附近即是楊式太極拳發源地，故特邀請著名太極師傅前來與作家們交流，他就是楊式太極第六代傳師、「中國永年楊振河太極國術館」的楊建超教練。

楊教練站到臺上紮馬，可是講台地方不夠寬敞，在眾人要求下，移駕到禪堂外表演。我們離開禪堂到戶外後、除了楊教練、尚有十幾位穿著白服飾的男女徒眾，陪楊師傅一起表演精彩的太極拳術。

采風團隊中來自荷蘭的池蓮子副祕書長、與墨爾本的婉冰祕書、每天都有打太極，能有此機緣得遇名家高手，自然萬分高興的細心欣賞。老朽雖是門外漢，也能領略到楊建超師傅不愧是當代太極大師；一舉手一頓足間、其身段輕柔如布。他的弟子們全體步伐拳招、也與楊師傅配合到天衣無縫，真是一場令吾等大開眼界的真功夫啊！

如行雲流水般的一流武術表演經已圓滿劃上句號，師傅們一齊收拳鞠躬；掌聲雷動中、大家依依難捨的向住持究成大法師及楊教練辭別。承蒙甘露寺住持究成大法師、以及眾僧侶親送至寺院山門外停車處，上了大巴士彼此揮手。從五湖四海萬裡外奔波而至、蒞臨這座千年古剎的文友們，離去時莫不洋溢著歡喜心，大家興奮的是因為這次意外收獲、在人生旅途上，平添了一抹永不褪色的美麗記憶……。

2016年6月9日端午節，於墨爾本無相齋。

披掛黃色哈達的作家：右起荷蘭池蓮子、澳洲心水、婉冰、馬來西亞朵拉和印尼袁霓。

甘露寺究成大法師與心水合影

池蓮子

池玉燕，筆名池蓮子，原籍中國溫州。1985年因中西婚姻移居荷蘭，曾攻讀中國現代文學，民俗學，及中醫學專業。現為荷蘭「彩虹中西文化交流會」會長，世華作家交流協會祕書長，《南荷華雨》中荷雙語小報主編（此報發向世界二十多個國家）。荷蘭東南部「靜療保健中心」主任，中醫師。

出版主要作品有詩集《心船》、《爬行的玫瑰》、小說散文集《風車下》、散文詩《花草集》；短小說集《在異國月台上》；主編論文專集《東芭西籬第一枝》記2012年首居荷蘭中西文化文學國際交流研討會。現為世界詩人大會永久會員，中國世華文學同盟會會員。

邯鄲造美夢

眺望窗外，從東飄來的朵朵浮雲；頓時，腦海裡潛在自然地浮現出了廣府堅城；十裡清波的窪定之水，波光粼粼，陰柔陽剛。

鄰人激動而無言！讓人懷念而無址；因為這裡處處有國寶級的古跡，鄉鄉有歷史古籍中的名人，英雄與豪傑！秦始皇、藺相如，曹操等等。

轉眼間，從邯鄲之旅，到返回荷蘭，已兩個多月了。而匆匆邯鄲之旅，仍歷歷在目；走進女媧煉石補天的神話世界，穿越京娘湖感人至深的愛情故事，登上太行山，觀拜與敦煌幾乎齊名的北響堂寺石窯；以及大名的石刻和館陶壽村的糧畫，令人耳目一新！這兒一切的的一切，無不讓一個從未來邯鄲的人，回味無窮而震撼！原來，我的故鄉之土，這麼遠，又這麼近；這麼小，又這麼大……這獨一無二的中原的文化特色，與藝術魅力，散發著強勁的芬芳與韻味，漸漸地隨著黃河之源，流向世界！

在那短短的幾天裡，我好像終於找到了，我移居海外幾十年裡，一直在夢中尋找的根中之根！

回憶起來，頻有印象之的是：

邯鄲名城　廣平府

一方水土養一方，據說這兒的人，大部分喜文愛武，秉性柔韌，無論貧富，淡定泰然，尊重生命，尊重自然。就因這種自然與悠久的的文化產生共鳴，穿越幾千年，營造了通天理地的，陰陽相濟的太極。用恒古的天人合一的自然理念，創造和發展了人與宇宙融為一體的，遠古而又現代的太極拳，這兒被稱為「中國太極拳之鄉」，「太極拳」是廣府城的一張閃光的名片！

早在清道光年間，這裡的太極拳開始蓬勃發展；出現了楊式、武式的的宗師，如楊式——楊露禪大師和武式宗師——武禹襄大師。尤其是楊式太極拳，行雲流水，舒展大方，靜如水，站似樁，從一百零八式，八十八、四十八等式，漸漸發展到如今較普及的二十四式，已傳遍全世界，因為它的簡練，易學但又有衡量，即可練功又可鍛鍊身體，它是當今時代健康保健的最佳選擇。素不知，美國早在十年前，就通過美國人練太極的健康效益，並選定每年四月的最後一周的週六為「世界太極日」，在那一天，你就會發現，在世界各地，有很多人，在不同的場所演練太極拳，以楊式為主！在荷蘭，人們對學習太極拳，作為週末消遣和健身保健，越來越熱衷了。

我這次有幸加入「邯鄲之旅」，有機會參觀，楊式太極拳宗師、楊露禪的博物館，見到不少當年的真跡，還拍了照，作為第一次拜慕宗師的紀念。於此同時，隨世華作協交流協會本此采風團成員，一起觀看了「楊式太極第七代傳人——楊健超大師的合隊精彩表演。

據說當年，楊露禪宗師受邀到清王府教拳，在與人比武時，得到光緒皇帝的老師，書法家翁溫和的稱讚，楊進退神速，落實莫測，身似猿猴，手如運球，猶太極為渾圓一體是也！並親書一副對聯相增送：「手捧太極震宇宙，身懷絕技壓群英。」從此楊式太極拳從王府內揚傳開來，傳至第三代傳人楊澄浦，他開始演練與研究，並加以定型，作著出書，如《太極拳作用全書》等。從此，使楊式太極拳進一步發展，受到廣大學員的喜歡與實用。很快地，楊澄浦就從京城一路南下教拳，經過武漢、南京、滬杭及廣州等地，真可謂桃李滿天。

大名古城　故事多

一曲《小城故事多》，歌壇天后鄧麗君的傑作，從臺灣唱到大陸，從大陸揚向世界。我，這才知道她的祖籍在大名，她的「小城」原來就是大名，怪不得她唱的如此纏纏綿綿，不離不捨，讓她的聽者，有一種走進去就出不來的感覺！

更何況「一部水滸傳天下，世人皆知大名府」這座與廣府共存同享國家級，乃至世界級的歷史名城，一為「三國之都」，二為「水滸之鄉」，至今仍保持著眾多的中國傳統文化蹤跡的文物、歷史紀念館和博物館。如石刻博物館，館記憶體有天下第一古石碑——五禮記碑、朱熹手書及他的寫經碑等。又如古代神話中城隍廟，城隍廟是古代傳統為祭祀城隍神而建，「城」為城牆，「隍」為護城河。此外還有文廟，主祭孔子文聖人：關帝廟是紀念三國大將關羽而建，但這些廟宇還正在招商引資，以待重新修建。而關羽廟與文聖人齊名，這也是大名文化的一種獨特的象徵。

除此之外，大明名城古往今來，名人薈萃，一代名相包丞、狄仁傑等，都曾在此為官，這兒也是梁山好漢盧俊義之故鄉。最令我深刻而難忘的是，這裡更曾是建安文學古都。

那日，我們走進鄴城——建安紀念館，我好像再次歷歷巡讀《三國演義》，曹操那大氣而無所不為的將相雄風，文才橫溢的大家才子形象，一尊雕塑，栩栩如生給我留下深刻印象。雖然曾經不可一世！但終究落花流水去，留得空名住。此時的我竟情不自禁地哼起了那首在《三國演義》中的一段插曲：

滾滾長江東逝水，
浪花淘盡英雄
是非成敗轉頭空，
青山依舊在，幾度夕陽紅？
白髮漁　江渚上，
貫看秋月春風
一壺濁酒喜相逢，
古今多少事，都付笑談中。

邯鄲處處有風水，經商隨時講仁德

在短短幾天的時間裡，我們算是走馬觀花地經過了一座座名城、一個個博物館、一尊尊名人聖賢大德的塑雕像，無不讓人產生一種敬仰之感！在這樣一個濃郁的傳統文化的氛圍裡，人們的思路與風俗習慣，一定很有常綱意識和滿足於現實又追趕現實的生活的理念。

尤其是廣府城，從明清時代起，就交通發達，繁華之至；北連順德而通北京，南面黃河，西依太行，東臨平原。一條彎曲如蛇的滏陽河溝通城內外。這就是風水學中常提到的，一座城週邊，依山傍水，那山水就是這座城的靈與神，又加上城內還有不同造型的橋墩流水，長年像一條水龍，不斷地前後遊動……使城內的氣流通暢，生機蔓延。人們生活在這樣的環境裡，就會心情舒暢而安康。再看他城內的布局：四大街，八小街，七十二道小拐彎；三山不顯，四海不乾，八步三眼井，四門九獅子，九曲十八彎。構成一個陰陽十分和諧，生機勃勃的小城。

據說廣府城的人享有經商的名譽。曾有一個很會經商的商號，名稱「鼎泰恒」。這家商號掌櫃的，為他們自己特定了一套傳統仁德禮義的規矩：要求店員，要仁義禮人，做到「有恆、有識、有德，仁和禮運。」、「無次、無假、無欺，信正八方。」一個商家，有如此這般的經商理念規則，他的事業一定會越做越好，久經不衰。「鼎泰恒」就是用這種，以社會及個體信譽度為標準的經營方式，贏得了越來越多的客戶，並創建了：誠信、資厚、貨全的信譽。生意越做越紅火，發展到幾家周邊城鎮的連鎖店，甚至在北京駐有辦事處。

可見，仁義處處可見，道德人人尊重！

此外，還有這邊的刺繡，剪紙與糧畫，也是這一片傳統古老土地上的絕活與品牌！從他們的刺繡，剪紙與糧畫的藝術中，可以領略到，人們生活在這樣的環境裡，和睦相處，知足常樂，家和萬事興！有家才有國，國強民富是中華民族向來的美夢啊！

由於時間關係，我們經過的地方多而觀看的時間過短，很多地方與歷史文物都只能等下次再來吧！

臨走的那一天，我偶然在一本介紹本地文化的雜誌上，看到了一個有關「臥龍古槐」傳說，人們說它是大名城裡的保護神。有關記載，「臥龍古槐」原為明代兵、工兩部尚書劉尊憲後花園之樹。據考證為宋代遺物距今有一千多年的歷史。非常神奇的是，它的東部有一主枝伏地，蜿蜒向東延伸，恰似一條龍尾，伏臥欲飛的巨龍。而那樹頂龍頭，近年來愈來愈青蔥茂盛！因此大名百姓認為它靈驗無比，一年四季「龍槐」紅綢纏身，香火不斷，供護它的人們來自大名四面八方。它就像一條正將騰飛的巨龍！

是的，大名將騰飛，廣平府要騰飛，整個邯鄲將騰飛！為了一個新時代的中國夢，讓我們一起騰飛吧！

2016年7月8日（立秋），荷蘭。

婉冰

婉冰、原名葉錦鴻（MariaCamHong Wong）祖籍廣東南海西樵。

誕於越南湄公河畔，夫婿黃玉液（心水），育有三男二女。

1978年9月全家投奔怒海漂流十三日，淪落印尼荒島十七日、獲澳洲人道收留、翌年3月定居墨爾本。

現任「世界華文作家交流協會」副祕書、「臺灣僑聯總會」海外理事會顧問、「墨爾本澳亞民族電視台」常務顧問，著有兩部散文集：「回流歲月」及「舒卷覓餘情」、詩集「擾攘紅塵拾絮」、微型小說集：「放逐天涯客」等。

曾獲文學獎：北京、廣東、臺灣、墨爾本等四地的散文文學大獎、微型小說集佳作獎、2016年《舒卷覓餘情》散文集榮獲臺灣僑聯總會華文創作佳作獎。

社區服務獎共九項：包括維州總督頒多元文化傑出貢獻獎、維州州長頒國際義工年服務獎、墨爾本市市長頒「社區傑出貢獻獎」及各社團頒發多類獎項。

邯鄲采風短歌十五帖

邯鄲　短歌兩首

邯鄲美人窩
名人事蹟海外播
古城聞頌歌
沿途青翠迎風舞
游目樂賞好山河

邯鄲城古樸
史館豐藏珍品多
筆拙難描說
醉人草綠湖凝玉
萬里歸客欲譜歌

鄴城　短歌兩首

鄴城存古貌
別緻燈柱道旁照
梟雄銅像高
子健七步成詩處
煮豆薪火盡滅消

三國事閒聊
銅雀豎立鎖二喬
曹操燃禍苗
若非華容開活路
梟雄功業彈空調

女媧宮　短歌兩首

雲髻簪牡丹
披葉為裳原始相
補天未怨忙
日夕河堤勤煉石
千古神話四海揚

女媧欲補天
未辭勞苦憑志堅
美麗神話傳
捏土造人繁子孫
浮雕畫卷涉縣存

京娘湖　短歌兩首

宋皇趙匡胤
千里護送歷艱辛
義氣蓋天雲
京娘感恩萌愛根
遺憾碧潭殮香魂

趙氏大業成
思憶京娘淚暗凝
遍覓夢難尋
追封貞義夫人號
滴翠仍浮倩女情

大名縣　短歌兩首

漳衛河泛濫

大名遭淹墨寶葬

字碑也殉難

歷朝古城變澤國

後人重建現昔顏

陶糧畫工妙

五穀豆葉顏色嬌

風景人物俏

栩栩若生如拍照

精湛工藝堪誇耀

北響堂石窟　短歌三首

沿階登山崖
石窟倖存諸佛顏
單掌護慈航
浩劫天人遭摧殘
入目洞壁傷痕班

前人工藝精
萬仞千巒履薄冰
驚疑怎能成？
高處斧痕刀雕深
留得後世瞻仰頻

年邁步履艱
慕名瞻仰奮力攀
汗雨透衣衫
昔日辛勞存古蹟
終嘗心願謁佛顏

甘露寺　短歌兩首

古剎宏且靜
雅室潛修勤誦經
待客禮至誠
禪師開示滌凡心
寺鐘敲醒俗世情

太極慢展伸
舉手提足體力增
身搖意隨神
莊嚴佛地勤操練
國粹流傳後代人

成語之鄉采風

世界華文作家交流協會，所辦的文學之旅，每次我都是以平常心整裝待發，僅這一次卻引起熱烈期盼。因邯鄲市中國一級作家張記書文友牽針引線，促成往其家鄉采風，對完全陌生的地方，總難免躊躇緊張。

其實邯鄲這名字，在就學時曾聽老師講述，除了知道是源自一句成語「邯鄲學步」外，對其歷史完全不求甚解。展開我國海棠葉地圖，也沒清楚顯示地點所在。立刻上網尋找，希望有初步認識。按是古代三國時期是一個繁榮且重要的地方，兵家必爭城鎮，是我國成語的發源地，也是很多名人故鄉，或曾在此奮鬥建國立業之所在。

之前、孤陋寡聞如我，才真正明暸自己的知識是多麼的膚淺。總是認為山東才是古代名人的聚產處，一直難禁對山東有太多聯想，希望能蒞臨憑弔一番。為了對邯鄲風貌僅有簡略認識，終於、網絡上探索，才獲悉邯鄲種種多采景觀，勾起無限嚮往，竟焦急等待啟程出發了。

由新加坡輾轉到鄭州，滿臉笑意的史少華處長和張可文友，接我倆同回旅館，那時已是萬家燈火了；疲累的我感四週境物一片迷糊，暫忘鳴唱的饑腸，急急赴周公之約。是好奇心作祟吧，晨曦初露，把外子心水推醒，急於到餐廳和各國文友相會。舊雨新知，一同啟程往目的地，史處長處處照應，誠意接待，沒半點官架子，讓人頓生好感。

途經安陽市時，心水的堂弟黃添福，從山東趕到，專為親自接待遠道而來的文友們。貴賓房那三十座位的特大餐桌，擺列整桌佳餚美酒；主人滿臉笑容地為大家舉杯接風洗塵。添福經營的福佳斯集團，辦公大樓門前及其所建樓宇；均高掛鮮紅橫額、閃耀醒目是：「熱烈歡迎世界華文作家交流協會蒞臨指導」讓各文友們意外驚喜，紛紛相互拍照留影。

小巴進入鄴城，樹蔭婆娑，綠草如茵。今日的中國處處皆是與藍天賽高，和樹木爭地的幢幢現代氣派的石屎森林。但進入臨漳境內，高樓巨廈是那麼稀少，讓我頓感萬分驚訝。映進眼簾皆是充溢復古氣氛的環境，錯以為走進時光隧道，仿若誤被放置魏國城裡。沿途車道兩旁，都是古樸式樣的路燈。博物館門前豎立梟雄曹操巨像，正和那棟雄偉城門，爭相述說昔日的光輝歷史，又彷彿向蒼天控訴，為淪亡國土永久默默悲哀憑弔。魏朝曹操所建築的三台，和曹家父子的才智事蹟，把我目光吸引凝聚。其實對於三台，我是在習唱粵曲時，有關曹子健在銅雀台七步成詩而脫離困境，免被迫害的典故，才對魏國的歷史略為認識；至於其他二台，完全一無所知了。但因曾涉獵三國演義，對於關公負責守華容道時，曾網開一面釋放曹操，對關雲長的英雄識梟雄之舉，才讓曹操其大業得成，思及此、難抑對關公的重義知恩更加敬佩了。

在邯鄲賓館和當地文壇先進交流，才知此地藏龍臥虎，連旅遊局的苑清民局長也是知名作家，著作等身者。彼此經簡略傾談，互贈著作後，便合照留念。苑局長特為遠途來作客的我們設歡迎晚宴，巨型的餐桌上佈置精雅；甚具禮儀的女服務員，為賓客捧上一道道精緻可口的菜餚，但最吸引我是那邯鄲盛產的五穀雜糧，淺嚐本地出名佳釀，口舌感覺醇香。座上的各位主人，紛紛向來賓敬酒和暢談，至深夜才盡興而散。

要考驗我們體力之旅宣布開始了。全程由史處長、張昕、張可相陪，英俊且溫和的倪洋為導遊，沿途詳細講述，對我們這群問題不輟，或有些重聽的作家們，重複又重複的不厭其煩，那抹微笑永遠展呈面上。當地作家韓立軍，是一位懇切的年輕人，他全程陪伴；肩負相機忙碌獵取焦點，我們一群都是他捕捉的目標。邯鄲以大自然的如畫風光迎賓，我等已目不暇給，真怕如呂洞賓在仙洞中醉臥，醒來僅是一場虛幻黃粱夢而已，但輕撫呂仙祠門前石碑，仙人以掃帚揮舞即就的「蓬萊仙」，和後來乾隆皇帝補寫的「境」，才感是真還假，假卻原來是真也。

獲邀往參觀一二九師的司令部，他們熱情接待我們這班從市區來的土包子，在簡樸的飯堂裡，共用部隊式鄉村菜餚，尤其那盤深綠野菜，入口鮮、甘、香，更勝山珍海味。娛賓除了精彩軍樂、軍歌、軍舞表演外，竟意外欣賞邯鄲的天地豪情，上天特也安排傾盤大雨迎賓。照顧週到的史處長立刻準備雨衣，才免去表演落湯雞的狼狽相。

抵達媧皇宮，讓我想起女媧煉石補青天的典故，且又捏土為人繁衍後代的傳說，雖然是真或是鄉野傳說，我也無時間考究，僅不禁沾沾自喜，畢竟是女性的力量吧，原來古代的女性，比我等能幹堅強。大雨連綿延續，是我們采風隊裡匿有貴人吧，才會招風引雨；石階路滑且恐高處不勝寒，故未能遍遊女媧宮，深感遺憾。匆匆臨高遠眺，仍見碧湖清澈如玉般晶瑩，雨絲正忙在碧玉上雕刻一個個有序的漩渦，懷疑是女媧煉石時滴灑湖上的淚和汗。青山綠葉隨風雨多姿態舞擺，如畫景物，入目是無限的舒暢，細聲對外子戲言，真想在此隱居，揮別世俗，悠遊地樂渡神仙般晚年。

曾經在很久前的新年慶祝會上，和票友演出夜送京娘的折子戲，今日才真正弄清楚其故事內容，難怪朵拉文友常取笑說婉冰真能遇事不管，整日迷糊。這次得遇曾演繹的角色，暗喜機緣不可失，立刻爭取和京娘像合照，永留紀念。

天天轉換景點，彷彿走馬賞花，但都是值得參觀的地方，如陶藝博物館、七步溝、峰峰磁州窯、武靈叢林……等等。讓我很感驚奇是大名府的博物館，處處是名人碑帖。據說很久以前，因漳衛運河缺堤，曾淹沒了整個城府；經日久修復，雖然損失非鮮，至今依舊保有那麼多名人所寫的寶藏，傷痕處處的石碑，真是非常可貴。

首次欣賞採用五穀雜糧，或樹葉樹枝堆砌而成的畫，除了風景，還有栩栩如生的柳眉鳳眼美女像，琳瑯滿目。工廠內女匝們，全神凝視貼堆，粒粒細如芝麻，置放位要靠十分準確眼力，如斯精緻的手工藝，讓我們萬分佩服。

我自感欣慰的居然夠體力，成功登上太行山那望不盡的石梯，雖然是倚賴張可借用的手杖，艾禺妹和文友莊雨的幫助，才扶搖直上。終於有緣瞻仰經戰火摧毀，肢體殘缺的佛像。看見四肢難全的石窟佛群，依然面上顯露慈光，原諒世俗的兇悍行為。欲問當時的行兇者，是否也懂愧疚不安。可能邯鄲人民多是信奉佛教？擁有頗具規模的佛像博物館、造像館等，但讓我深感意外是其中竟有一座可觀的天主教堂，這足證邯鄲人大度量，對宗教包容，真可足證佛祖肚內能容一切呀！

回程時參觀甘露寺，首先映入眼簾的是一座宏偉建築物。寺門站立排列整齊的佛們子弟，雙掌合什迎接這班俗客。該寺住持究成大法師在廣場含笑迎接，滿臉皆顯我佛慈悲樣，給我等最高禮節佩戴黃色哈達，和一條用山頂崖柏做成的佛珠。其濃情接待，我等也急忙合十回禮。遊目大雄寶殿，是非常宏偉，兩傍禪房寧靜清幽，是禪修的好地方。聽罷佛理開示後，太極師傅帶領門徒，為來賓表演國萃太極，這輕移慢推，卻含有無窮內勁，對強身健體有未可想像的力量。

匆匆參觀了終站廣府古城牆後，主家的歡送宴設在廣府會館，由旅遊局副局長相陪；這位女副局長堪稱外交優秀者，席中左右照顧。口才滔滔，妙語如珠，不停勸酒進菜。大家最不捨是和全程相陪的史處長等人，頻頻互訂再會之期，手握了又緊握，抱了又重抱，皆感時間溜走太快了。惜天下沒有能留駐的事物，最後、還是會曲終人散啊。

惜字數所限，未能詳引讀者共尋歷史的痕跡，總認為還是親臨其地更能體驗錯進時光隧道的驚喜和樂趣。

2016年8月，於墨爾本。

百瀑峽前心心相印

✤艾禺

新加坡作家協會副會長，世界華文微型小說研究會祕書、世界海外華文女作家會員。作品包括：短篇小說《困鳥》、《海魂》；微型小說：《風雲再起》、《艾禺微型小說》、《最後一束康乃馨》；少年小說：《媽媽的玻璃鞋》、《鏡子裡的祕密》、《天狼星遊戲事件簿》，《不見了的藍色氣球》、兒童文學／繪本：《奇怪的畫像》、《假裝》、《窗內窗外》、《大明偉和小小熊》和《我們一家人》等。

主編作品：《逍遙曲》、《城市的記憶》，《城市的足音》，新加坡作家協會刊物《新華文學》編委，世界華文作家交流協會文集主編。曾是新加坡傳媒華文戲劇組故事策劃／編審／編劇。2007年以作家身分進駐校園成為駐校作家，同時也是自由撰稿人。

來一次尋找的旅行

當跟友人說我要去邯鄲的時候，大家都露出驚訝的表情。

「邯鄲學步」聽過的人多，也都知道邯鄲在中國，但確切的地點在卻沒有幾個人說得清楚。

「是個旅遊景點嗎？」有人問。

我其實也模糊，於是特地到旅行社走一趟，年輕的女服務員聽了半天也沒聽懂「邯鄲」二字，更不要說怎麼寫了。最後為難地告訴我，「對不起，我們旅遊社沒有去那裡的配套。」

換間旅行社，終於找到個懂的。黃小姐格外殷勤，為我們查找了最經濟又簡單的路線，從新加坡直飛廈門，再從廈門飛鄭州，早上不用趕機，只是抵達鄭州的時間會是午夜11點。就這樣，三個新加坡代表成了最後的報到者。到達新鄭州機場等行李箱輸送帶出來的時候已近12點了，出閘的時候被告知要從另外一個出口，誰知這樣就害慘了前來接待我們的邯鄲市旅遊局派出市場處處長史少華女士和她的一班手下，見我們遲遲不出閘而提心吊膽，還以為我們出了什麼意外。

12點多的機場有點冷清，兩幫人馬各據不同「地盤」，也沒有去留意「遠方」的動靜。等了好一會好納悶，明明說好來接我們的，難道因為太遲了？我嘗試「越界」到另一邊瞧瞧，才發現張可和史處長一眾人還在朝出閘處引頸期盼。終於喜相逢了，美麗的史處長看到我們終於鬆了口氣，從她臉上漸緩的焦慮，使我們真覺得很過意不去。

夜不好眠，出門總是這樣。第二天一大早，十國的代表已經齊聚酒店餐飲部（除了張記書和王學忠之外），大部分是早已熟絡的舊雨，老朋友又見面了；幾位初見面的文友，也沒有因為天南地北國家的距離而產生隔閡，大家都是以文相交，倒好像前世便已相知，這次是約了異鄉見面的。

如果沒有張記書前輩搭的橋，或許我們都沒有機會踏上這塊蘊含著豐富歷史底蘊的土地，並接受了那麼高規格的款待。每到一處，所有細節都安排妥妥當當，我們就像大老爺坐轎出遊，什麼都無需理會，只需用眼睛去賞美景，用嘴巴去嘗美味；用身體徜徉在山川靈氣中，用心去感恩……

我和張記書前輩結緣於上個世紀九〇年代，地點就在開「世界華文微型小說研討會」的會議上。因為大家都是微型小說的創作者，兩年一次的會議若有參加總會碰面。他是個個性敦厚，胸襟寬大的長者，對於我們這些後輩總是提點照顧有佳。他的著作更是我們學習的榜樣。張可是他女兒，當年像小布點似的帶在身邊。十多二十年轉眼過去，歲月總會帶來一些健康問題，後來就聽說他身體抱恙沒再出席會議了。去年的廈門采風，我們竟又在異地重逢，看他身體又硬朗起來，走起路來也毫不喘氣，壯得很啊！

廈門一別才數月，好消息就飛進我的郵箱，聽說他正與官方聯繫，計畫安排世界作家去邯鄲采風，是不是能事成當時還言之過早，沒想到旅遊局相關單位對此項建議十分振奮，親自派出處長與我們的團長心水聯繫，水就開始煮了……

豪華巴士沿著新鄭機場出發，匯入京廣高速公路，路過安陽便要在此處停歇，因為正有位貴客——福佳斯集團黃添福董事長在等著我們。他特從山東趕來，就是為了想宴請采風團一行人吃頓午飯。

黃添福董事長是交流協會團長心水的堂弟。猶記2015年的廈門采風，黃董事長全程包辦，讓我們從鼓浪嶼走到武夷山，盡享了一次前所未有的精彩之旅。這次，他安排了我們參觀了由他的集團所開發建設的國際花園東西區兩大樓，只見大樓外分別高掛「熱烈歡迎世界華文作家采風團蒞臨指導」紅橫額，大家心情開始激動不已，樓前的合照，歡快的笑容，烙印著一種情誼。遊園完畢，盛宴上桌，一張能坐上三十個人的旋轉桌子讓我們大開眼界，擺上來的佳餚，道道美味，很多都是我們平時沒有吃過或不曾看過的，從一張親切有善的臉上，我們讀到了他對我們的細膩心思滿滿地溢滿心田。

從安陽到臨漳，我們首站便到了有「三國故地六朝古都」的鄴城，在鄴城博物館和佛造像博物館裡感受著千年文物所帶給我們的震憾，曹操威武的塑像屹立在鄴城遺址，一代梟雄還有故事要告訴我們嗎？

邯鄲賓館，落腳的地方，正等候著我們這班他鄉異客趕赴另一場盛宴，邯鄲市旅遊局局長苑清民、邯鄲市作家協會主席趙雲山、副主席牛蘭學、還有多位知名作家都出席了交流會，張記書也代表文聯亮相了。從主人的口裡我們進一步瞭解了邯鄲這個歷史古城；瞭解了它的文化背景，更驚訝原來它還是中國成語之都，一本厚重的《邯鄲成語》贈於我們，承載著歷史的文學，穩穩地壓住了我們的心房，血急速川流著。

苑局長再三指出，邯鄲需要走出世界，世界也必須認識邯鄲，而我們的來到就是背負著訊息傳遞者的任務，讓邯鄲不止只是在中國人心裡存在著，而是要打開邯鄲，讓世人看見。

黃粱夢呂仙祠帶我們走入蓬萊仙境，能說會道的解說員在盧生殿說起唐人沈既濟的小說《枕中記》的故事，盧生一枕入夢，夢見自己考中進士，連連升官，但又幾經浮沉，幾次遭受誣陷，虧得皇帝為他平反冤獄，後又出將入相，封為燕國公，娶了美麗的妻子，全家享盡榮華富貴，高壽八十一歲久病不治而亡。夢到這裡盧生猛地醒來，只見店主人正在煮黃粱米飯，盧生驚訝不已，呂洞賓卻笑眯眯地對他說：「人生之道，不就是一場夢嗎？」

對啊，人生本來就是夢一場，只是凡人看不清，看到名利始終要搶，做官如何，做百姓又如何，最後還不是黃土底下的一堆骷髏，任由風沙把我們覆蓋。

雨淅瀝淅瀝的打濕著遊客的雨傘，不同傘面不同顏色，正似每個人的不同人生，都要在雨中清醒。

涉縣一二九司令部舊址，揭示了當年抗戰的艱辛事蹟，簡陋的居室和用具，深邃的防空洞沒有刻意跟我們說任何曲折的故事，但我們都懂，故事有時不用靠說的，留下來的軌跡永遠都會讓人心知肚明。

呂仙祠沒有帶我們穿越時空，到時來到了有「華夏祖廟」之稱的媧皇宮讓我們有飛越登仙的感覺。中國神話傳說中的女媧娘娘煉石補天，摶土造人之地，如今就在我們腳下，怎不叫人心裡怦然……

只可惜雨沒有因為客人的來訪而有停歇的意思，反而綿綿不斷，使我們無緣一睹媧皇閣上的八條鐵索如何將閣與崖壁相系；無緣看見摩崖刻經這「天下第一壁經群」，我們只能選擇昂頭仰視，遠遠地想像著上面的勝景。

沒有女媧，沒有我們，我們都是她的土，渺小的沙粒，在大地裡扮演著不同角色，或男或女、或癡或怨，有人如頑石點也不破；有人笑看人間。傳說中女媧當年看到祥和的宇宙遇到山崩地裂，於是采五色石補蒼天，如今地球上依然災難處處，是天補得不夠，還是人心讓天裂了！

負責帶領我們的領導人在大家無緣上山的情況下如此概述了媧皇宮的特點：一座吊樓，兩種宗教，三個石窟，四組古建，五種刻經，六部經文，七尊塑像，八大功績，九根鐵索。

我們繞有興趣的背誦著，好像企圖把媧皇宮背在心裡也就滿足了。都怪雨啊，人說雨天留客，此時雨卻滯留了我們的去路。

京娘湖隔天迎我們以滿滿的朝陽，趙匡胤當年千里送京娘在此一別，從此留下了淒美的故事。但山水環繞、群峰競秀的風景卻讓我們走入人間秀景中，仿如仙女用金絲銀線編織出來，讓我們目不暇給。團裡的隊友在下山時紛紛「冒險」去了，聽說湖心滑索很是刺激，留下「願意走路」的，環著山道一層層繞下，層巒疊嶂，川谷深幽，風徐徐追逐，又是另一番賞景心態，放下一切，擁抱大地。

七步溝，在未抵達之前留給我們無限的想像空間，有人說是七步一溝，但在我腦海裡盤旋的竟是武俠世界裡最毒的一種毒藥——「七步斷魂散」，走七步便要魂斷江湖。俗人的想像太誇張，只因為山裡長了漆樹，「漆鋪溝」因此而來。七步溝景區的入口處張掛著「熱烈歡迎世界華文作家看邯鄲」橫幅，再次讓我們感動不已，這麼多天來，我們參觀了那麼多景點，每到一處都能看到這樣的紅幅，都受到各領導單位的殷勤招待，他們的拳拳盛意，我們沒齒難忘。

天門山以宏偉的壯勢迎我們，白雲禪寺裡，幾位虔誠的信徒點燈聽經而去。紀念抗日犧牲戰士的無名烈士碑離我們很近，大家都想去看看，可是發現要看碑是要付出代價的，幾十級的臺階讓大部分的人選擇打退堂鼓，只有幾人不到黃河心不死般慢慢拾級而上。高處一覽無遺，遠近的景致皆收眼底，突然發現樹叢中有若隱若現的道觀屹立其中，充滿好奇，不知裡面的道士過得是什麼生活，如仙般飄渺，還是其實也踏踏實實？

折返天門湖酒店，夕陽照在天門山頂上，打造出一片耀眼的金黃，攝在手機裡，讓它繼續在他鄉光照大地。

晚上旅遊局的代表倪洋再三叮囑大家要休息好，因為明天的行程可要攀爬近七百級的臺階，女士們於是個個膽戰心驚，只有荷蘭的池蓮子爽快地拍著胸膛不當一回事。經過了多天的奔波，大家開始悄悄與池蓮子有「不可告人的約會」——推拿與按摩。

北響堂石窟在峰峰礦區一個尚未對外開放的半山腰上，沿路的修葺工作已經非常完善，因為還是禁區，我們成為了「侵入者」，幸好還有名堂，也就名正言順。幾天前的雨消失的無影無蹤，今天的氣溫反而高了，大家都汗流浹背，拄杖的拄杖，邊爬邊歇，沒有一個人臨陣退縮。

說也奇怪，外面豔陽高照，石窟裡卻涼風陣陣，似開著冷氣，繞著佛像一圈，除了有大的也有小的，但大的佛像很多已經沒有了頭部，現在有些還是仿造安裝上去，讓它們看來完整的。聽說外國侵華期間，頭都被帶走了，現在都在國外的博物館成列著。佛像通常都被譽為有靈氣、神聖之物，那「頭們」是不是也正在他鄉用他們聖潔的眼睛回望著遙遠的故鄉，在暗夜裡輕輕歎息，讓積怨在博物館的迴廊上迂迴飄動著……

民間陶瓷製作一直是中國文化最豐富的資產，雖然舊窯已不再生火，我們無法目睹當年燒窯的盛況，但地方和部分文物的保留，還有現代陶瓷製作的繼續發展，讓大家也可以在想像的空間裡去重整當年的磚瓦。磁州窯富田遺址是一處樸實而又充滿探究精神的地方，雖小，卻有歷史。

歷史，或許無從記憶，因為年代久遠，聽來的都是故事，孰真孰假，但現代人物畢竟離我們比較近，於是我們知道「大名」是鄧麗君的祖籍家鄉。我們在博物館裡看到石刻、在天主教堂裡聽虔誠的信徒闡述教義、在館陶畫糧小鎮看年輕的女子如何用穀物作畫、看恬靜的小村落人民過著與世無爭的日子。太陽照在村屋的畫牆上，充滿朝氣，畫上七彩的步道讓人踩上去仿如踩在彩虹橋上，又似在雲端做一回逍遙神仙。

神祕的廣府古城，是采風的最後一站，船從蘆葦叢中劃開，遠處屋舍的高處聳立著煙囪，沒有黑煙噴出，四周一片寧靜；綠水不斷被前進的船隻剪開，驚動了蘆葦，在水裡倒映著顫抖的樣子；幾隻水鳥低低飛過，卻似乎完全無視於我們的存在，逍遙地穿過蘆葦叢向天飛去，在碧藍的天空裡自由翱翔。

到甘露寺參拜是張可特別為采風團安排的一個節目，潛心學佛的她讓我們在整個行程中處處看到無私奉獻的精神與寬大的胸懷。甘露寺的住持究誠法師親自以佛教儀式接待我們，還為我們送上哈達和掛珠。重修後的建築巍峨莊嚴，一旁的聽經堂內，一本心經一支筆正等待著我們凡夫俗子把心放下。

依依惜別在邯鄲，我們又坐車回到鄭州，為各自的行程趕路。一趟旅程，我們懷著深深的敬意，開始一段美好的際遇，走入歷史，走入山水，在大自然裡浸潤，最後，回歸，載著滿滿的收穫，對人生，開始從另一個角度思索⋯⋯

媧皇宮

✤ 沈志敏

1990年赴澳。至今已有一百多萬字的文學作品，分別在中國大陸報刊、臺灣報刊，美國華語報刊和澳洲的中文報刊上發表。並屢屢獲獎，第一篇中篇小說「變色湖」獲中國大陸2000年世界華文小說優秀獎，2006第一部長篇小說「動感寶藏」獲得2007年臺灣僑聯華文著述獎小說類第一名。散文「街對面的小屋」獲得首屆世界華文文學星雲獎優秀散文獎。長篇小說《墮落門》獲得澳洲南溟基金贊助，第三部長篇小說《情迷意亂-澳洲那輛巴士》。此外，還有不少作品在澳洲華文文壇產生過一定影響。其文學創作情況已被收錄於中國大陸「海外華文文學史」第三卷（鷺江出版社），「華僑華人百科全書」文學藝術卷（中國華僑出版社）等辭書之中。

三千年的追問

——邯鄲

三千年前，那座城池已經在這片大地上開始構築。而後的歲月，那座古城一次一次地被摧毀而又被重建，然後一次又一次地埋入地下，秦磚漢瓦沉睡在一層又一層的深厚泥土下面。如今，同樣有一座城市建立在那片厚土之上，「邯鄲」一個始終沒有被幾千年塵埃埋沒和改動的姓名。

我們的車輛奔馳在這片古代中原大地上，那些行將成熟的莊家，那遠處太行山的曲線，那乾枯的黃河故道，那綠黃鑲嵌的大地和藍色的天空都似乎在告訴我一些東西，當車輛進入一條長達數千公尺的山洞隧道內行駛的時候，彷彿正在走進黑暗的歷史深處。祖輩們在那片深厚的黃土地上演繹著一幕幕的戲劇，各種各樣的理性和非理性組成的劇情讓後來者眼花繚亂，歷史的演繹為什麼是這樣的，而不是那樣的？歷史經常露出各種可疑的的面目，使得後來的尋找者對於那些殘缺不全的形跡做出各種各樣的注釋和猜疑，那麼它的真實性和邏輯原因究竟在哪一捧泥土之中呢？我似乎成為了一個歷史的追問者。

趙武靈王和秦始皇

「趙都」這個名稱經常能在邯鄲街上映入大眾的眼簾，可見兩千多後的人們仍然將邯鄲的光環套在趙國建立首都的歲月中，那是他們心中不可磨滅的光榮。

邯鄲城裡最為著名的旅遊景點是武靈叢台，相傳在西元前三百多年的時候，這個不高的山坡上，趙武靈王意氣奮發，閱兵賞舞，這位王者留下最有價值的遺產就是「胡服射騎」。由此讓人意想到，歷史往往會在一個技術層面的改革中走向意想不到的全面變化。改變習俗，穿上胡人的短衣長衫，便於騎馬和射箭，趙國的國勢就是從這個簡單的服裝改變中起始，走向興旺發達，開闢了千里疆域，成為戰國七雄之一。

趙國東面有傍山依海的齊國，西面的魏國已被更西面的虎狼之秦吞沒，但是坐落在中原大地上的趙國的強大之勢並不在東西的兩個強國之下，它的強大足跡能在考古中獲得證明，戰國時期的邯鄲城區可分為趙王城和郭城兩個部分，兩城相近百米，王城約五平方公里，平民居住的郭城東西寬約三千兩百米，南北長四千八百米，在兩千多年前，這當然是一個規模巨大的城池。當年有三個數十萬人口的繁華大都，齊國的臨淄，楚國的郢都和趙國的邯鄲，從邯鄲學步等許多古典成語中，可見當年這個時髦之都的榮耀和色彩。而那個時候，秦國的咸陽還只是荒涼西部一個不起眼的都城。

另外還有一個反向的證明，據史書記載，秦國軍隊打敗趙軍的長平之戰，曾經活埋了四十余萬的趙軍俘虜。想當年，能夠拿出四十多萬軍隊來打一場大仗的國家，可見其當年強大的態勢，遺憾的那是一場敗仗。

武靈叢台也許只是一個傳說，從這個山坡上的亭台樓榭裡眺望，半個邯鄲城可以收入視線，那麼趙武靈王的箭究竟能夠射多少遠呢？而這支箭最後卻被那個紙上談兵的趙括折斷了，在長平之戰中葬送了趙國的夢想。假如沒有這個高談闊論的低能兒，趙國是否能夠改寫自己和其他諸侯王國的歷史呢？

阻擋在秦軍東進途中一個最強大的障礙被消除了。都說秦國能夠戰勝列國的原因是採用了法家精神，進行了各方面的改革。可是當時諸國都在進行改革，為什麼一統天下的輝煌成果會落在由西面而來的那個野蠻的國家身上呢？其實，秦始皇的「奮六世之餘烈」，是有許多原因綜合起來而造成的。而邯鄲城裡的一段詭祕的隱情也釀成了一個歷史原因。

據史記記載，秦皇嬴政本名叫趙政，應該是商人呂不韋和趙國舞女趙姬所生的兒子，並非帝王的貴胄，在古代講究宗法門第的社會，是一個重大的原則問題。當時之情節，還在娘肚子裡的孩子已經被移花接木到在趙國做人質的秦王子孫子楚的身上……

《秦始皇本紀》裡有這樣一句不起眼的言語：「秦王之邯鄲，諸嘗於王生趙時母家有仇怨，皆坑之。」就是說秦王嬴政得勝回到邯鄲之時，大開殺戒。這個由趙國水土糧食養育起來的人，為什麼會對鄰居街坊有如此深仇大恨呢？當年，子蘇出走後，趙姬帶著幼兒躲入邯鄲郭城的某一個角落。這個幼童在那個陰暗的角落裡長成兒童，從小孩出落成一個仇恨世界的少年。突如其來，他被接回秦國，又不明不白地變成了王太子，剛過了三年，就像從一場夢中醒來，他又搖身一變成了秦王嬴政。一個趙國血脈的兒子卻利用秦國的王位最後消滅了自己的祖國，然後將自己打扮成偉大的始皇帝，這就是歷史的詭譎之處。

戰國烽火在夕陽中終於化為一絲歎息，一個東方大國的雛形在寒冷的金戈鐵馬中分娩出來。秦始皇無疑是一個偉大的帝皇，在普通民眾的觀念中，他冷酷的暴行掩蓋了他輝煌的功績，以至於他所創建的皇朝在短短的十四年後就壽終正寢。為什麼一個能夠打敗六國的強大皇朝又會如此的短命？最為著名的說法就是：「仁義不施而攻守之勢異也。」秦始皇是「續六世之餘烈」後的「第七烈」，秦二世胡亥大概屬於「第八烈」，其暴烈的程度越演越烈。期間的一步步的走向成功和迅速的走向潰亡似乎都和那個「烈」字有關，為什麼「暴烈」會帶來成功，也會帶來失敗呢？歷史的各種因果關係是很微妙的，也是永遠可以讓後人咀嚼的。

從鄴城到銅雀三台

邯鄲城在秦皇朝時被設為全國三十六郡之一，後來在秦朝暮年的戰亂中被秦國大將章邯夷為平地。在西漢時又被重建，成為富冠海內的漢代五大名都之一。

漢皇朝接受了前一個短命皇朝的教訓，讓自己的壽命延伸了四百多年，而後在過度的武力炫耀中，也開始走向衰落和崩潰。當時之勢，烽火彌漫，在各地起事的紛亂狀態中，邯鄲臨漳境內的鄴城擔當起一個舉足輕重的角色。

如今嶄新的鄴城博物館坐落在當年鄴北城中軸線的的延長線上，踏進寬廣的院落，高大的曹操佩劍雕像迎風屹立，浮雕、漢闕、景觀柱，漢魏風格迎面襲來。鄴城最為輝煌的時期當數漢朝暮年的三國時期，被曹操定為都城。

曹操和秦始皇一樣，身上蘊藏著太多的讓人琢磨不透的謎語，而且在他的心胸中還多了一些錦繡文章：「白骨露於野，千里無雞鳴。生民百遺一，念之斷人腸。」他的詩詞中不僅僅顯露出建安風骨的文采，也體現出一個政治家關懷民眾疾苦的悲情。

真是如此嗎？「挾天子以令諸侯」是一個不為大眾道德觀念所接受的陰謀，「寧教我負天下之人，休教天下人負我」赤裸裸地展現出一個篡權奪位者極端自私的嘴臉。這是後來小說家的描繪呢，還是他真實的面貌？也許兩者都有。歷史上，不少偉大而又冷酷的人物身上，都流淌著兩律背反的血液，以至於讓後人難以理解和評說。

銅雀三台是鄴城留下來的真實遺址，確切地說，當年曹操的都城只留下金鳳台下的一座殘缺的土坡，上面的建築也是後人憑據想像而建造起的，另外兩座樓臺——銅雀台和冰井臺早已在氾濫的漳河水中消失。據說當年這三座高臺上築有宮殿樓房數百間，氣度非凡，三台之間還有兩座橋樑相接。

諸葛亮翻唇鼓舌說：「攬二橋於東南兮，樂朝夕之與共」，故意將「兩橋」的諧音演化為兩位美女大喬小喬，激起了周瑜和孫權的滿腔怒火，於是乎蜀漢和東吳的抗曹聯盟結成了。當赤壁兵敗之後的曹操聽到此說，他最想做的就是咬掉諸葛亮的三寸不爛之舌。

人言能說出真實，人言也能扭歪事實，人言能記錄歷史，人言也能修改歷史，人言甚至會讓山河地理搬家。君不見，後來蘇東坡的一曲「赤壁懷古」可為佐證。

太極拳和基督教

曹魏以後，西晉、東晉、南北朝，在邯鄲周圍的這片沃土上曾經有六個朝廷在這兒建都；隋、唐、宋、元、明、清都在這片土地上抹下濃厚的色彩。唐宋時期的大名府，宋元時代的池州窯，元明時期的廣平府故城等等，在這片原野上到處都留存著各朝各代的古跡，你只要隨意地呼吸一下，就能夠嗅到太多的歷史氣息。「砰砰砰」讓遙遠的回音直接穿越到近代社會吧。

在高大的廣府故城上極目遠望，四周的河流田地山巒盡收眼底，那是一幅自然人文鑲嵌的圖畫。這讓我想起聰明的華夏祖先，他們在數千年前就設計出一種陰陽互動的圖案——「太極圖」。太極是天地萬物的根源，陰陽二氣推衍出人類萬物及其關係。從這種理論中演化出古代中國的農學醫學天文學等等。

當歷史的腳步走到達十八、九世紀，在永寧廣府的土地上，一位名叫楊露禪和他的後輩及弟子們運用陰陽太極的意境開創出一種拳術——一百單八式的楊氏太極拳。同在這一地區的一位名叫武禹襄和他的弟子們卻開創出練意練體和養氣蓄神三結合的武氏太極拳。由此這裡成了太極拳的故鄉。至今華夏大地上，廣大民眾練習的太極拳程式，大多來源於這個地方。

為什麼一種解釋天地演化的古典理論能夠踏破三千年風塵，還能在近代和一種人類的行為有機地結合在一起呢，還能在科學化的當代仍然煥發出它無窮無盡的魅力？同樣是這個古典理論在漫長歷史上也經常通過算命測卦等等玄學，把國人的大腦引向含糊其辭的岔道，今猶如此。這個問題至今讓東西方學者們苦思冥想。

當中國歷史從皇帝的紀元開始被西元世紀替代時，一種從西方而來的巨大衝擊力產生了，那怕是在一座座沉睡的東方古城之內。大名古城裡最為出眾的建築是一座名叫「寵愛之母」的天主教堂。這座哥特式風格的建築面積為一千四百四十平方米，鐘樓和禮拜堂合成一體，其宏偉的規模一點也不亞於北京上海等大城市裡的西洋教堂，它始建於1918年，至今也有將近百年的歷史，建造的款項來自於法國從中國獲得的庚子賠款。

「庚子賠款」是近代中國的屈辱。還有一個眾所周知的事例，建造「清華學堂（清華大學）」的款項來自於美國從中國獲得的庚子賠款。八國聯軍在中國土地上的橫行和掠奪，無疑讓中國人產生了仇恨和悲情。

強大的歷史腳步在邁行時也會生成自己的邏輯意向，其中既包含著強盜邏輯，也夾帶著紳士邏輯。假如說沒有西方的炮艦轟開東方的大門，就不會有西學東漸，也不會在東方世界萌生現代社會的概念；如果沒有外來的衝擊力，難道古老的中國不會在封建時代的慣性中再延續百年甚至千年嗎？也許至今在我們的腦後還留著粗長的辮子。歷史的變化有時候就是如此的彆扭，就像硬是剪斷了人們的辮子。

當古老的太極和外來的基督相遇時，中國已經走到了新世紀的門口。

荀子的千年困惑

如今的邯鄲只能算是中國數百個城市中普通的一個，如果以邯鄲地區深厚的文化底蘊為排名，肯定可以排列在中國古典城池的前茅。據說出自邯鄲的成語有二百多條，各朝各代的歷史故事成千上萬。從中國的歷代版圖中可以觀察到，古代華夏文明的區域，如同在中原大地上滴下一點濃厚的墨汁，然後朝四周滲透蔓延開來，在數千年後，形成今天中國的版圖。其實這種滲透和蔓延不僅僅是地域上的，更為重要的是文明的滲透和文化的傳播。

在邯鄲一條繁忙的大街上，我看到了一座不起眼的荀子雕像，聽說還有一所以他名字命名的中學，僅此而已。如果以荀子思想理論的深度和高度為尺規，總讓人感到歷史和現實對於這位偉大的文化人有點兒冷漠和寒酸。

荀子最讓人敬仰的應該是「實事求是」。他在「天論」中指出天道的運行有自己的法則，不是為了古代的聖人堯而存在，也不是為了古代的惡人夏桀而消亡，而只有當人們去適應自然界規律時才能夠健康地生存和發展。那麼人們究竟是性善還是性惡才能適應於自然規律呢？於是他從每個人的生存動機來做出解釋，人們為了生存而進行競爭或者產生合作，發動戰爭或者組成國家。這種說法似乎更加吻合於數千年來社會演繹的經驗事實。而他的「性惡論」有點像基督教哲學的東方式的翻版。

荀子理論更大的閃光點是，把世界所有的物理人事的發生，都歸結成某種因果關係。「物類之起，必有所始。榮辱之來，必象其德。」於是乎，自然界和人類社會的各種現象，就在前因中產生了後果：「積土成山，風雨興焉；積水成淵，蛟龍生焉。積善成德，而神明自得，聖心備焉。」而這種因果並非發生一次後就完成了，而是前因成為了後果，後果又變成了以後事物產生的前因，各種事物綜合在一起，前因後果交叉衍生，構成了社會人文的基本表達方式。

我感到，如果按照荀子的邏輯思想發展，也許古代中國能夠更早地產生科學啟蒙的思想，他有點相似於古希臘的亞里斯多德。可惜在他的身後，中國歷史上再也沒有出現一位像樣的邏輯思想的分析者，唯理的分析哲學夭折在它的萌芽狀態。

春秋戰國時代的百家爭鳴的曙光消失後，中國古典哲學滑入了狹隘的道德哲學的軌道，儒家的一代代的經學家們雖然認同荀子為大儒，卻反感於他的「性惡論」，使得這位哲人的一束束智慧之光沉睡在歷史的黑暗深處。

我認為，在今天科學昌明經濟發展的大時代，作為荀子的故鄉邯鄲，有理由擔負起全面研究荀子思想之重任，弘揚古文化中的精華部分。我還認為，荀子的歷史地位應該放在眾多的帝王將相之上，其理由是歷史的健康發展往往來源於某些正確進步的思想，而不是一代代帝王將相在千百年歷史中反來複去的鬧劇和表演。所以應該把這位中華民族的古代智者放在更加崇高的地位。這將是後輩對於歷史前輩思想者的尊敬。

✤ 林楠

華裔滿族作家。2000年移民加拿大，定居溫哥華。曾任加拿大神州時報總編輯、加拿大大華筆會會長。現任加拿大華人文學學會副主任委員、世界華文作家交流協會副祕書長、世界日報《華章》編委、香港橄欖葉詩報榮譽顧問，加拿大商報文學副刊《菲莎文萃》顧問。作者以其個性散文及審美批評文字的清漪、明快、透闢和敏銳，獲得讀者、特別是作家的喜愛。作品入選《當代世界華人詩文精選》、《北美華文作家散文精選》、2015年中國「世界華文散文詩年選」等。

旅加期間，積極傳播中華文化，熱情創辦文學副刊，傾心提攜文學新人，為繁榮華文文學事業做出了貢獻。近年來，其文學創作和文學活動，日漸為社會矚目。（文野長弓）

邯鄲印象

這僅僅是一些浮光掠影的邯鄲印象，只能算是對邯鄲容顏的粗略記述，充其量算是導覽。真正需要的是人們能以虔誠、開放的心胸去通讀邯鄲，體悟邯鄲。今天，在全球化語境下，重新敘述邯鄲，重新展示邯鄲，學習、借鑒邯鄲的文化態度，對戒掉浮躁和防止概念糾結，似乎會提供一些十分有宜的幫助。

2016年初夏，世界華文作家交流協會例行的采風活動，得到邯鄲市旅遊局的邀請，采風團由世界四大洲十多位作家組成，祕書長黃玉液帶隊，歷時七天，為飽覽這個歷史名城的嶄新面容，在邯鄲這塊熱土上，海外作家們翻山越嶺，連日奔波。

親臨邯鄲，感覺邯鄲比想像中要輝煌得多。邯鄲古文化的厚重；邯鄲現代化的氣息和節奏；邯鄲城市的活力和想像力；邯鄲人的精神面容，邯鄲人邁向未來的步伐和氣概……留給我們震撼性的印象。

旅遊大巴在初夏的華北平原上歡快地行駛著，眼前搖過一組又一組歷史記憶與現實景觀交錯迭印在一起的有關邯鄲的各種鏡像——燕趙大地；華北平原；百里太行；國家級歷史文化名城；太極之鄉；園林城市；成語典故之都……將鏡頭聚焦，有黃粱夢、呂仙祠、毛遂墓、學步橋；還有，「九千將士進涉縣，三十萬大軍出太行」……每一組畫面，都凝聚著中華文明的恢宏氣勢和智慧的光芒。

從戰國時期趙國建都起，至今，邯鄲已歷經了近三千年的風雲變幻。趙武靈王、藺相如、秦始皇、王莽、毛遂、公孫龍、曹操、劉劭，皇甫暉、王君鄂、李存勖（五代後唐皇帝）到新中國第一任最高人民法院第一副院長，司法戰線著名的領導人王維綱，這一個個閃耀著歷史光芒的名字，都是邯鄲人。毛澤東主席說「邯鄲不同於北京、上海，邯鄭要復興的。」在邯鄲這塊文化沃土上生成並流傳於世的成語典故，就有成千上百條。呵，好一個邯鄲，你的歷史縱深度是留在時空壁上光芒四射的、永世抹不掉的金色光輝！

感謝東道主的精心安排，我們在太行山下，在濃重的邯鄲古文化和現代化進程有機銜接和交匯的圍氛中，飽賞了邯鄲文明的十多個經典。

走進鄴城古城遺址。眼前的一切，頓時讓我們情緒迴蕩。以往，提到中華民族的建築文化，我們總習慣於談北京，談洛陽，談南京，談西安。談這幾個歷史古都的建築構思和布局。當然這不無道理。畢竟是歷史上多個朝代定都的地方。然而，到了鄴城才知道，所有這些聞名於世的古都，其建城構思，完全取自於鄴城。有據可查，北京故宮建於西元1406年，而鄴城始建於西元213年。比故宮早一千兩百年。好一個鄴城！

茫茫歲月風塵，怎能遮蓋住你的文化光芒。

恢宏的鄴城博物館喲，遠遠盛不下古城的神秘和你的歷史輝煌！

我們乘坐的旅遊大巴不知不覺中，夢一般駛進了黃粱鎮。黃樑夢呂仙祠，據稱是中國維一以夢文化為主題的旅遊景區。充分展示中國儒家道家「無為是永恆、出世是正道」的哲學理念。如果說，明清建築是她的歷史背影的話，那麼，整潔的街道，現代化的生活節奏，黃粱鎮人臉上燦然的笑，已是黃粱鎮今天的精神面容。

八百多年前，元好問的詩句：

邯鄲今日題詩者，猶是黃粱夢裏人

不正是說給今天我們采風團作家聽的嗎？

抵達涉縣時，已近中午。初夏的陽光，暖暖照下來。太行山在光影作用下顯得猶為壯觀。「九千將士進涉縣，三十萬大軍出太行」，生動地道出了涉縣人民對中華民族戰勝侵略者做出的歷史性貢獻。這一壯舉，自然吸引了我們的興致。冼星海「太行山上」的旋律頓時在心中升起；李偉導演的電視劇《在太行山上》的片斷，陽明堡戰鬥的殘烈，一一在眼前略過。不管什麼時候，涉縣人民用鮮血鑄成的這段歷史影像，都會給人們注入精神力量。

在參觀了劉伯承、鄧小平辦公室時，作家們都紛紛留影。之後，主人在八路軍一二九司令部大伙房為我們安排了有特殊紀念意義的中飯。席間，還穿插了歌頌八路軍戰士的小節目。親臨革命老區，耳畔有太行山的風雲在迴響，欣賞著，咀嚼著那個大時代的風煙流韻，心情變得格外深沉。

涉縣的另一個亮點是媧皇宮。媧皇宮始建於北齊，距今已有一千四百多年。史載這裡是文宣皇帝的行宮。高洋帝以鄴為都城，以晉陽（今山西太原）為陪都。文宣帝高洋「信釋氏，喜刻經像」，在這裡逐漸形成了規模。後經歷代修補，成了現在的樣子。於是，女媧用彩石補天的神話故事，便以特殊的美學涵義，永遠留在中華民族的文化記憶裡。

告別涉縣，我們來到武安縣京娘湖。京娘湖處於武安市西北部山區的口上村以北，導遊說「口上水庫」的稱謂由此而來。早就聽說京娘湖有「太行三峽」的美喻。親臨此地，感受猶為深刻。而更為特殊的一點，或稱更具不朽意義的，是有關趙匡胤的一個故事，這個故事不是傳說，是史載，是真人真事，即這位宋太祖千里送京娘的故事以及他為此留給後人的那首《詠日》詩：欲出未出光辣撻／千山萬山如火發／須臾走向天上來／趕卻殘星趕卻月。

這個關於純貞愛情的故事，為人們世世代代傳頌著。世華作家們不無戲言：在京娘湖辦個培訓中心，把宋太祖千里送京娘的故事印出來做教材，組織幹部輪訓。

導遊將七步溝的景點列出一大串，著名的就有天門山、山門、滑雪場、南天柱、天門湖、百瀑峽、天鏡湖、羅漢峽和一二九師戰備醫院。

天門山奇在頂部平坦，地質學稱為方山。這種山貌在地球上並不多見。我在想，這不正好給改革開放的武安縣提供了一個天然生成的直升飛機起降場嗎！也許將來的某一天，參觀七步溝的遊客會在天門山的機場聚散。

山門的建築恰到好處地把握了漢代的風韻，當地人為展示漢代文化的氣勢下了很大功夫。著名書法家歐陽中石題寫的「七步溝」，也與這種氣勢相諧。參觀山門，面對山門建築的美學追求，人們自然會想到，對於中華古文化精髓的把握和繼承，絕不是簡單模仿就能了事。

七步溝的滑雪場顯然具有吸引八方來客的魅力。滑雪場設有龐大的人工造雪系統，雪質好、雪量大、雪期長。已達中級國際標準。

我們達遠望見拔地而起的南天柱。獨立大地，聳入雲端，當地人稱它為「生命之根」，如果更準確地表述，應該是雄風的勃起。引用著名文學評論家陳瑞琳的話，是「男人的豪邁，男人的傳奇，男人的表達。」七步溝的南天柱，完全可以與丹霞的陽元石比雄，比美，比氣勢！凝望南天柱，不由聯想到明代大才子李永茂的詩句：「孤留一柱撐天地，俯視群山皆子孫」。

天門湖景觀可謂瀑布流泉大匯演，此地古來一直流傳著「百瀑峽」的稱謂。是七步溝靈性的凝聚。是天然的、涼且爽的避暑勝地。

羅漢峽大約因有五百羅漢的塑像而得名。左降龍，右伏虎；左騰雲，右駕霧。排列相當講究。

遊覽七步溝，最讓人駐足留連，最令人深思的，當屬八路軍一二九師醫院。抗戰期間，劉伯承，鄧小平曾親臨醫院看望從前線退下來的傷病員。說是醫院，實際上只是幾間黑黑的小平房。小平房裡，沿牆擺著幾張老舊的窄條木桌，想必是當年的手術臺？在缺醫少藥的戰場上，負了傷的戰士，在這裡，能得到什麼樣的治療？走進這醫院，依稀能聽到隔著時空的撕心裂肺的呼叫。因為人人都知曉，當年沒有麻醉藥。傷口處置後要縫上，炸斷的腿要截掉，或者是接上……就算醫生醫術高超，又能怎樣？我從此時此刻的時空迴響中，領悟到一個民族精神力量的哲學闡述——什麼是有，什麼是沒有；什麼是能，什麼是不能……

一二九醫院現已辟為愛國主義教育基地。

赴峰峰。

到達北響堂寺石窟參觀時，正趕上冀南豫北初夏的豔陽天。在烈日炎炎，光照強烈的焦燥下，還須攀登數百級臺階。這對年長一些的采風團員來說，並不是一件輕鬆的事。還好，打眼看到峰峰縣漂亮的旅遊局長和漂亮的導遊小姐，給人平添一份爽心的鮮豔。

史料介紹，北響堂，南響堂始鑿於北齊年間，之後，隋唐宋明各代均有續鑿，是當今研究佛教、建築、雕刻、美術、書法的重要資源。屬國家級重點保護文物。局長和導遊帶領我們參觀的是北響堂山石窟中規模最大的大佛洞。資料顯示，大佛洞深十一點八米，寬十三米，高十一點四米。可以想像，在頑而固的山體石頭上，人工鑿出這樣一個洞，是何等艱難的工程！而更令人歎為觀之的，不只是鑿出一個大洞，還有與洞連成一體的雕塑藝術品。其整體布局、裝飾集中顯示了北齊時期藝術性最高超的雕刻精品。當代學者認為，北響堂石窟這些雕塑，在中國古石窟藝術向唐代寫實風格的演變中，起著承上啟下的作用。對於北響堂石窟的文化意義和藝術地位，我們有了初步的瞭解。但是，感歎之餘，油然生出遺憾，在大佛洞內，幾近所有重要的佛頭，都被盜賊切掉。是哪個環節上出了的疏漏？這些珍寶今在何處？眼下，我們能做什麼？怎麼去做？直到現在，這個問題始終在我腦海裡排解不掉，那就是導遊為什麼沒把這個問題安排在她的解說詞裡？

走進磁州窯現場，立刻發現到各個朝代經典瓷窯的精巧擺佈——明代、清代、民國……共十座窯，其中古窯五座、古泥池三個，另外還有古井、碾糟、耙池、堿窯等遺存。均完好地保存著原來的樣子。文物古跡，間距如此集中，排列如此井然，十分罕見。

瓷窯分官窯與民窯兩大體系。磁州窯在民窯體系中是中國北方最大的、保存最完整的一家，可謂是古代民間陶瓷最輝煌的典範。因古磁州而得名。磁州瓷淵源流長。資料記載，早在七千五百年前的新石器早期，磁州的先民們就已經能夠燒制陶器。在峰峰以北二十公里的磁山新石器遺址中，出土有加砂紅陶和加砂褐陶器，是新石器時代已知的最早的遺存，這個遺址考古界命名為「磁山文化」。「磁山文化」，這應該是一個時代精神的文化學表述。難道不覺得，通過磁州瓷熠熠閃耀的光點，通過峰峰大家陶藝博物館的陳設，你感覺到的，何止是精美的陶藝製作，分明感覺到一種更大的氣勢，那就是穿過荒蠻的歷史塵埃，讓你聽到了人類文明演進的節拍。

武靈叢台，位於邯鄲市中心，為古建築類文物。武靈叢台始建於戰國趙國武靈王時期（西元前325至前299年）。邯鄲稱趙都，與此不無關聯。

稱「叢台」，是多朝代連建壘列而成。我們到此爭先恐後登上叢台，領略趙武靈王和歷代君王觀看歌舞和軍事操演的派頭。據史書記載，唐代大詩人李白、杜甫、白居易等曾多次登臺觀賞賦詩。李白有「歌酣易水動，鼓震叢台傾。」的詩句。這裡的「叢台」，不知是否指武靈叢台。

今天的叢台，已在清代建築的基礎上，增擴了綠草坪，休閒坐椅和人行道，也增設了幾處廣場舞平地。遊人穿梭，從容而自得。

在參觀明朝古城牆和甕城之後，我們一行興致勃勃地走進大名寵愛之母堂。經過各種政治風暴摧枯拉朽式的洗禮之後，這座始建於民國七年（1918年）的天主教堂仍然保存完好。法國傳教士的後裔，對這座教堂，必存極大的興趣。從這個小小的細節看出，一個民族的文化天性，無論經歷怎樣的折騰，也不會被磨滅的。這也應該是一個大時代的政治寬容度。

廣府古城保存完好的弘濟橋，是趙州橋的姊妹橋。弘濟橋為石拱橋，堅固結實且美觀大方。似長虹飛架，造型十分壯觀。采風團一行下車細細觀覽留影。

我們的采風接近尾聲了。此一行最突出的印象是，邯鄲具有無可比擬的歷史文化積澱。經漫長的時光砥礪，已被世世代代接受傳承，且被昇華。這是永遠值得邯鄲人驕傲的；另一點隨之產生，邯鄲人對歷史的尊重和愛惜，是邯鄲人偉大的智慧。余秋雨有句話說得很深刻「任何古代文明都有宏偉的框架，而它們的最高層面又都以史詩的方式留存。」邯鄲人啊，你們用自己的純樸、善良和心智，譜寫了這部史詩。一座城市的魅力和吸引力，主要取決於這部史詩的厚重和史詩的文化濃度。邯鄲，在這一點上，在全國所有地區級城市中，你是排在最前面的。你絕對是當之無愧的。

從邯鄲市旅遊局官員口中得知，邯鄲市現代化城市建設總體規劃，已經國務院批准。對於邯鄲市這樣一座國家級歷史文化名城，如何發展，如何邁開現代化步伐，規劃者顯然是結合邯鄲歷史文化古城的特質，研究了多門學問，倚科學發展觀精神為指導制定而成，規劃對城市規模合理控制；對城市基礎設施體系的進一步完善；如何創造良好的人居環境；如何保護歷史文化名城的風貌特色……等等，均做出了詳盡的、有遠見的安排。

從規劃涉及的方方面面，可讀出邯鄲人的生活熱情，邯鄲人從容的心態，邯鄲人的遠見卓識，邯鄲人的人文積澱，邯鄲人的現代化眼光，邯鄲人的精神境界和對人類文明忠貞不瑜的追求。一座歷史文化名城，正以嶄新的姿態，大踏步走向現代化的未來。

筆者這些浮光掠影的邯鄲印象，只能算是對邯鄲容顏的粗略記述，充其量算是導覽。真正需要的是人們能以虔誠、開放的心胸去通讀邯鄲，體悟邯鄲。今天，在全球化語境下，重新敘述邯鄲，重新展示邯鄲，學習、借鑒邯鄲的文化態度，對戒掉浮躁和防止概念糾結，似乎會提供一些十分有宜的幫助。

2016年8月9日，初稿於加拿大溫哥華。

左起：林楠、心水與牛蘭學攝於館陶

朵拉

原名林月絲，出生於檳城。專業作家、畫家。祖籍福建惠安。在中國、臺灣、新加坡、馬來西亞出版個人集共四十七本。曾受邀為大馬多家報紙雜誌及美國紐約《世界日報》、臺灣《人間福報》撰寫副刊專欄。現為中國大陸《讀者》雜誌簽約作家、鄭州《小小說傳媒》簽約作家、世界華文微型小說研究會理事、世界華文作家交流協會副秘書長、環球作家編委、中國王鼎鈞文學研究中心特邀研究員、大馬華文作家協會會員、浮羅山背藝術協會主席、檳城水墨畫協會主席，馬來西亞TOCCATA藝術空間總監，檳州華人大會堂執委兼文學組主任。莆田學院文化與傳播學院客座教授、泉州師院文學與傳播學院客座教授。

美夢之鄉

午餐過後沒時間午休便到了「蓬萊仙境」。這四個嵌在道觀前院南邊照壁上的字，據說是呂洞賓親筆書寫。其實我們是到供奉道教著名八仙之一呂洞賓的「呂仙祠」參觀。下車時雖然有雨，卻沒阻礙遊興，迎客大門上綠色琉璃照壁，啟功先生題的「邯鄲古觀」匾額高高在上。中國寺廟道觀大門多朝南，「呂仙祠」大門卻向西。一說是呂仙祠西邊當年靠古禦道，道上車水馬龍，行人如鯽，大門朝西便於人們朝拜進香；另一傳說是邯鄲西部有座紫山，常年紫氣縈繞，寺門向西有利道家修煉聚納紫氣。道觀既名「呂仙祠」，供奉的應該是呂洞賓，叫人意外的是當年路過此地的書生盧生，因為做了一個夢，搶走了風頭。我們皆為黃樑夢而來。

盧生是唐傳奇《枕中記》的主角，原名盧英，字粹之。作者沈既濟把唐開元年間，一個屢試屢敗的不得志書生，在邯鄲市北十公里處的客棧，遇見道士呂翁（後人傳說是呂洞賓）的故事寫下來，流傳至今。懷才不遇的盧生向呂翁訴苦，自認命運不濟故屢考不中。言談間客棧主人正準備要煮黃梁，呂翁從行囊裡取出一個兩端有竅的青瓷瓷枕遞給盧生說：「你先睡一覺吧」。盧生發完牢騷，枕上青瓷枕即進入夢鄉。他從青瓷枕的孔竅走進去，竟回到山東老家，娶了貌美如花的妻子崔氏，考中進士。此後官運亨通，步步高升，一直做到宰相的職位，生五個兒子，全是高官，媳婦皆高門之女，兒孫滿堂。享盡人生富貴，八十歲命終時，盧生突然醒來，發現自己還睡在客棧裡，周圍一切如故，甚至連客棧主人在炊的黃梁飯也還沒煮熟。盧生因此感悟人生如夢，放下想要追求的功名利祿，跟隨呂翁去求道。

呂洞賓在唐朝把盧生帶去深山求道，一直到明代重修此祠時，負責設計的師父在照壁準備四塊青石板，請來許多書法家題字，卻無一合意。一日突然跑來個叫花子，閒逛至南牆下，順手抄起掃帚，蘸著剩菜湯在青石板上劃拉開來，監工見狀把他趕跑，之後用清水沖刷，青石板上顯出「蓬萊仙」三個字。呂洞賓正是蓬萊仙呀！結果四塊青石只寫三個字。清乾隆年間，乾隆皇帝下江南，路過這裡小憩，聽道士講述並看到龍飛鳳舞的「蓬萊仙」後，想了一夜，隔天補個「境」字。導遊指著最後一個字說：「『御筆不如仙筆』，人人都說乾隆雖貴為天子，卻是肉體凡胎，比起前三個字的仙風道骨，『境』字遜色太多了。」

一行人聽說是神仙和皇帝合作的書法，紛紛過來合影。雨還在下，時大時小，撐傘有些不方便，有的景點便忽略了。照相時看見中國原書協主席沈鵬筆法瀟灑的對聯「蓬萊仙境蓬萊客，萬世儒風萬世詩」掛在當年原是道士煉丹的丹房，故稱「丹門」，門上懸著首都師範大學教授歐陽中石題的「澤沛蒼生」匾額，「經過此門者，好運常相伴」。不迷信的人也樂意接受，丹門內一道水堤走向八角亭，兩個水池皆種荷花養鯉魚，遊客緩步流連因為人人都在拍攝，經過八角亭後的午朝門進入「神仙洞府」。在首座大殿享受第一縷香火的是呂洞賓的老師漢鐘離，這座道觀完全體現了中國人尊師重道的精神。呂祖殿就在鐘離殿的後面，門楣橫幅題「孚佑帝君」是元代對呂洞賓的封號，「道院光招蓬萊客，玄門常會洞中仙」對聯告訴遊客這就是呂洞賓的供殿，壁上畫滿呂洞賓的生平事蹟。

中軸線上最後一座大殿門兩側的對聯「睡至二三更時凡功名都成幻境；想到一百年後無少長俱是古人」，淺白易懂卻內涵深刻的哲理，終於來到我們尋找的黃樑夢主角「盧生祠」。祠外有人在點燃香火，祠內有人圍著被香煙薰得像黑人一樣的盧生，雙目緊閉，側身而臥，似乎仍在夢中。大多遊客並沒注意觀看周圍牆壁描繪的盧生夢境圖畫。遊客更在乎的是「摸摸頭，啥都不用愁；摸摸肚子，富貴榮華一輩子；摸摸腳，啥都有……」流傳的言語因為充滿世俗人間的誘惑，遊客連排隊也顧不上，爭先恐後摸頭摸腳摸肚子，盧生也因為遊客長期撫摸的汗漬而全身光滑亮澤。

一場黃樑美夢叫盧生清醒了他自己，從此明白功名利祿一場空，榮華富貴一場夢。沈既濟的《枕中記》之後，這個夢一而再地被改編和續寫。唐代李公佐的《南柯太守傳》，元代馬致遠的雜劇《黃樑夢》，明代有湯顯祖的《南柯記》和《邯鄲記》，清代蒲松齡的《續黃樑夢》等都是。研究學者認為《枕中記》對經典名著《紅樓夢》產生極深刻的影響。黃樑夢反映出中國儒道兩家的「無為是永恆，出世是正道」的傳統思想，邯鄲就在盧生做夢的地點建了「盧生祠」，然而，傳說歸傳說，故事歸故事，到「盧生祠」來的香客顯然尚未真正領悟寧靜致遠，淡泊名利的人生真諦。金代詩人元好問在《題盧生廟》一詩點出了人性：「死去生來不一身，定知誰妄複誰真，邯鄲今日題詩者，猶是黃粱夢裡人。」

邯鄲永年縣蘇裡鄉，因為一篇《黃樑夢》，1984年改名黃樑夢鎮。文學的力量又一明證。本來應該是住在黃樑夢鎮的人才算是黃樑夢人，然而，金好問一詩讀來令人忍不住要歎息一問「又有誰不是黃樑夢裡人呢？」

出來時雨漸小，把雨傘關了，才見東側有座「八仙閣」。這裡當年可是八仙相聚小憩的地方呢。北洋軍閥時期，吳佩孚曾在此駐軍，剛毅正直，德行操守和氣節上鶴立雞群，並支持五四學生運動，以四不宣言「不出洋，不住租界，不結交外國人、不舉外債」贏得「愛國將軍」美名的吳佩孚，從他在這兒題「世變幾滄桑，百眼冷看道上客；塵緣皆夢幻，黃粱熟待枕中人」的對聯，證實他確是北洋體系中罕見的秀才將軍。

上車時午休時間已過，卻覺昏昏欲睡，旅遊巴士搖搖晃晃，本來說路上要唱歌要表演的人也沒有了聲音。巴士上的人心裡還在猶豫：睡，不睡？有點擔心夢醒以後，也許就跟著盧生求道去。

邯鄲古觀
幸福人間美夢圓

山和水的記憶

行往河北涉縣索堡鎮的路上，邯鄲旅遊局的小N在旅遊大巴里給來自世界四大洲十一個國家的十六個華文作家上課：「懸空活樓是供奉女媧的主殿，名為媧皇閣，民眾俗稱『奶奶頂』。樓體上臨危岩，下瞰深壑，緊依懸崖而建。通高二十三米，」聽到這裡，感覺人站在那中國北方著名的道教宮觀之一時生出來的恐懼和擔憂，想像中的危顫顫驚險在小N嘴裡卻若無其事，「以九根鐵索系於崖壁。」馬上有人舉手：「請你重複？」小N大力點頭，繼續說「二十三米高的樓緊依懸崖而建，彷彿懸於半空中，不過，不必擔心，有九根鐵索緊系崖壁。」「就九根鐵索？」驚呼聲剎時四起。小N微笑「每當香客雲集登上媧皇閣，承重增加時，原本鬆懈的鐵索就伸展繃直如弓弦，樓體開始前傾，並且晃動不已，頓時聞鐵索唧唧作響，遊客如登九宵，如臨雲端，媧皇閣素有『活樓吊廟』之稱。」成語「九宵雲外」的感覺，原來就在此閣。根據小N提供的資料「媧皇閣始建於一千五百年前北齊高洋時期（西元550-559年），是中國規模最大、時間最早的的奉祀中華始祖女媧氏的古代建築。」始建時規模並不大，僅有「三石室，刻數尊像」，以構思奇巧的媧皇閣為代表，西元六世紀至今，經過不同朝代陸續增建修築，逐漸形成占地一萬五千多平方米的建築群。現在保留下來的建築，基本上是清朝咸豐二年（西元1852年）火災後重建的。好奇心充斥追問「今天那九根鐵索還在吧？」經過小N證實，對這建築史上的奇觀充滿期待，回頭不論路途如何艱險，亦非得找機會攀上中國六大懸空寺之一去看上一眼。

抵達中皇山下，迎接客人的是新建築老造型設計的中國式巨型牌樓，明顯突出了建在一萬年前新石器時代遺址上的媧皇宮是國家5A級景區。一行人有打傘也有穿上色彩奪目的雨衣在朦朦細雨中從入口區漫步到補天園。下雨給遊客帶來不便，然而雨霧彌漫的群山和碧綠蒼翠的園林美景緊緊牽扯人的步履。大家不約而同讚歎景致美得真像一幅畫。人們形容美麗真有趣，在真實的場景裡說美得像幅畫，觀賞美麗圖畫時評語卻是美得像真的風景。占地面積占七十六萬平方米的林地、山谷、園林、水系，加上下雨，天氣逐漸寒涼，眾人忙碌地加衣添圍巾之際，一邊不忘攝影。途經溪邊，兩邊明豔的黃花類似水仙，仔細觀望卻不是，名字叫不出，花卻一樣豔美，尤其長在水邊，多了一份水伶伶秀氣。水穿過溪裡的石頭，濺起小小白浪花，忍不住用手機記錄了美妙畫面。

走在傳說中女媧摶土造人，煉石補天的地方，低頭看腳下並非存心搜尋五彩石，主要是雨濕路滑。停駐湖邊的觀景臺上才一抬頭，發現眾人佇在群山疊翠，流水環繞的山水畫卷裡，再一低頭，水中倒影猶如幻像，毫不現實卻在現實中出現，空氣裡的水氣氤氳出濕潤空朦的旖旎風光，在疑幻疑真的光影裡作家們瞬間轉型為攝影家，紛紛掏一台手機或相機，惟恐沒把眼前的山光水色帶走，便成輸家。

無法久留因目的地仍在前邊等待，前行不遠再來到一座「中石題」字的「媧皇宮」牌坊，走在身邊的小N知我為佛教徒便告訴我：「其實媧皇宮最精髓的古跡是東面山崖上的北齊摩崖石刻經群。」後來網上搜索方知「有北齊時期的《思益梵天所問經》、《深密解脫經》、《妙法蓮花經》、《佛說盂蘭盆經》、《十地經》、《佛垂般涅槃略說教誡經》等共六部，刻經面積一百六十五平方米，分五處刻於崖壁之上，共刻經文十三萬七千多字，字體有隸、楷、魏碑體，素有「銀鉤鐵畫，天下絕奇」之稱，更是媧皇宮的鎮山之寶，堪稱藝術珍品，是我國現有摩崖刻經中時代最早、字數最多的一處，歷代書法家帶朝聖之心到此一遊。同時也是我國佛教發展史上，特別是佛教早期典籍中彌足珍貴的資料，對於研究我國早期佛教地域、流派及書法鐫刻演變歷史有著重大意義和價值，經考證為「天下第一壁經群。」這時我們在冷風冷雨中的補天廣場仰頭遙望，小N指著在女媧神像後邊山勢陡峭的老建築，「那就是媧皇閣了。」

終於，我們到了！相傳女媧就在這裡，捧著青、藍、紅、白、紫五色石，以日月為針，星辰作線，補好了天上的裂縫。這神話記載在《淮南鴻烈・覽冥訓》一書裡。也記錄在媧皇閣拜殿的楹聯上「聖德齊天無崖限，神功五石補此天」。女媧何只補天呢？《太平御覽》七十八卷引《風俗通》記載著「俗說天地開闢，未有人民，女媧摶黃土作人。」因此每年農曆三月初一至十八慶祝女媧誕辰，全國各地人民及海外華僑前來祭拜這華夏人文先始，現在我們站的地方被譽為「華夏祖廟」，是中國五大祭祖聖地之一。經過廣場地上精心設計代表中國傳統思想文化根源的易經和八卦，我給地上的「春」字拍了照片，季節是初夏，但今日氣候之寒，卻讓著了羽絨服來當遊客的女作家獲得「最聰明的旅人」獎。作家們撐傘續攀上臺階往女媧神像走去。為我打傘的小N繼續講解：「當地用九個數位形象地概括了媧皇宮特點：一座吊樓，兩種宗教，三個石窟，四組古建，五種刻經，六部經文，七尊塑像，八大功績，九根鐵索。其中所指的宗教，指的是佛教與道教，九根鐵索是說建在險峻山崖上的媧皇閣採用九根鐵索與山體相連。」

遙遙地看著已經很靠近的媧皇閣，細細的雨一直在下。然後，經過一番討論，少數服從多數，一致同意不再往上攀爬。期待親眼目睹的懸空寺、九根鐵索、石窟、摩崖石刻等等古跡就在不遠的山腰上看著我們緩步離開。臺階兩旁桃紅的月季花兀自綻放在夏天的雨裡。

這麼近那麼遠真叫人惆悵。人生往往如此，嚮往的，喜歡的，幻想的都不一定會實現。但是，那日在河北邯鄲涉縣媧皇宮，看見了翠綠的山，青碧的水，豔黃桃紅的花，邯鄲山水的記憶仍然十分美好。

張記書

張記書，男，1951年生於中國河北。國家一級作家，中國微型小說學會理事，中國作協會員，世界華文作家交流協會副祕書長。

國內外報刊發表微型小說千餘篇；三百餘篇作品在新加坡、馬來西亞、泰國、日本、菲律賓、澳大利亞、加拿大、印尼、汶萊等國家及香港、臺灣地區發表；百餘篇作品在海內外獲獎。所篇作品入算為世界各地著名大學和中學教材。

已出版《怪夢》、《醉夢》、《情夢》、《無法講述的故事》、《夢非夢》、《追夢—父女微型小說合集》、《愛的切入點》、《古寺鐘鼓聲》八部微型小說集和一部中短篇小說集《春夢》。

胡服騎射

一

趙武靈王，你的箭——
射穿了歷史；
你的馬——
在史書上踏出一頁奇跡。
於是，「胡服騎射」，
永遠在歷史的長河中生輝。

二

騎射為趙國壯膽，
胡服為趙國包裝，
一項「他為我用」的舉措，
鑄就了趙國的輝煌。

然而，趙武靈王的箭，
並沒停歇——
穿過一朝又一代，
終於，孕育了中國的改革開放。

於是，在歷史的螢幕上，
我看到趙武靈王，
正在為後輩點贊、褒獎。

負荊請罪

廉頗，你的戰刀很厲害，
殺得敵人聞風喪膽；
然而，你能永遠矗立
在人們心目中，
是因為你有魄力，
跪在藺相如面前，
——負荊請罪！

將相和

相如，你為比你官小的人讓路，
你在歷史的小巷回車，

你的行為讓我懂得，
什麼叫宰相肚裡能撐船。

紙上談兵

趙括——
自從你戴上「紙上談兵」的帽子，
你就被沉重的歷史壓趴了；
你的教訓告訴後人，
嫩竹子別急著做扁擔。

邯鄲學步

邯鄲人的步子，
走進了中國民間故事，
成了邯鄲人一張驕傲的王牌。

我作為邯鄲人，
卻要勸一句「壽陵少年」：
不要輕易迷信他人，
而丟失了自己的靈魂。

邯鄲人更不能以此：
妄自尊大，盛氣淩人。

還是學學趙武靈王吧，

虛懷若谷，謙虛為人。

廣府古城上

周永新

祖籍，中國廣東省番禺縣人。二十世紀四〇年代初出生於越南堤岸，生活了五十多載，1997年移民美國，居住亞利桑那州鳳凰城，零六戌歲退休。

少年就讀堤岸番禺學校，其後選讀臺灣中華函校高中進修科與新聞教育科。並補習越文課程與會計簿記。小學開始執筆創作，練習投稿，文章詩作發表於越南各華文報紙及臺灣、香港之文藝刊物，偶爾參加各項徵文，領取獎品。

當過學徒雜役，售貨店員，文書會計，服役從軍，報社特約，電阻工作。曾開設塑膠製造，玻璃工廠，旅遊業務，雜貨商店。現為亞利桑那州華文作家協會會員，風笛詩社網站美加顧問，世界華文作家交流協會副祕書長。

近年為鳳凰城亞省時報【生活隨筆】與美西僑報【休閒素描】專欄撰述。

七律一首

——詠邯鄲采風

邯鄲成語早揚名，實際從來未識荊，
今次采風觀勝景，一週遊覽會精英。
女媧煉石補天際，曹操建台在鄴城；
歷史遺留多軼事，見聞增廣引為榮。

邯鄲學步的意思

五月中旬，我隨世界華文作家交流協會到中國河北邯鄲采風，一提到邯鄲，腦海很自然浮現「邯鄲學步」的成語，我讀小學時期，在報紙上就看到，也在歷史故事圖書中閱讀到，所以不會陌生。采風回來，和親友談論起這次行程，以為大家不多不少都聽過「邯鄲學步」的成語，但失望得很，實際懂得的甚少，老中年如果都覺得陌生，年輕一代更加不知道是什麼意思了。

「邯鄲學步」的成語，當然源出於邯鄲城，有人說，不到邯鄲，體會不到燕趙文化的博大精深，果然不錯，我到了邯鄲，聆聽有關部門的詳細講述，帶領到處考察參觀，才知道邯鄲不僅是個古城，而且三千年沒有更改名稱的地方，許多成語故事發生在這裡，遂有成語典故之都；著名史蹟更多，臨漳鄴城，有「三國故地，六朝古都」之稱，武靈叢台，宋祖台、京娘湖，讓我眼花撩亂，媧皇宮、黃粱夢呂仙祠等神仙境地，令我心靈震撼，而大名府則是近代歌星鄧麗君的故鄉，想起她唱出小城故事的韻味！

「邯鄲學步」是什麼意思呢？李白的兩句詩已說清楚：

「壽陵失本步，笑煞邯鄲人」。原來壽陵是燕國的少年，聽說趙國邯鄲人行路姿態優美，特地到來學習，可是他學不到那優美的步法，反而忘記自己原本的步伐，要伏地爬行回去。也就是說，仿傚別人的優點而不成功，卻連自己的長處都丟棄了。

「邯鄲學步」，學習別人步行姿勢，竟弄到忘記自己的步伐，實在有點誇張，我對這成語典故抱持懷疑態度。參考成語故事出處，《莊子，秋水》篇，的確這樣描述：「壽陵餘子之學行於邯鄲，未得國能，又失其故行矣，直匍匐而歸耳。」

我向來認為，古人書寫困難，多數要刻劃在竹簡上，字字困難，能減省一字盡量減省，內容變成精簡，古文往往深奧難解，原因在此。後人鑽研，若單純從字面分析，有時會差錯，一定要多方面考證，才能獲得正確的結論。

我從網絡搜索「邯鄲學步」考究的資料，有學者作深入探討，顯示相當合理的解釋，實際上不是學習步行，而是學習舞步。那個壽陵少年，可能知道邯鄲有種優美的跳舞步伐，他決定去學習，大概資質差勁，動作遲鈍，總是練習不成，反而弄到扭傷了腳踝，迫得一拐一拐地走回家，甚至劇痛時要伏地爬行。

這種考證很有說服力，從燕趙時代的舞蹈藝術來觀察，原來邯鄲有一種舞姿稱為「踮屣」，踮，是提起腳跟，用腳尖著地，屣，是穿著拖鞋行走，這種穿拖鞋以足尖舞蹈動作，就像現代的芭蕾舞，舞姿美妙，步伐輕盈，練習就不容易，難怪壽陵少年腳踝受傷，舉步維艱，無法像初來那般步行回去了。

再考查趙國踮屣舞，比歐洲興起的芭蕾舞早了千多年，我又懷疑，究竟芭蕾舞是不是由踮屣舞傳過去的？好像指南針、印刷、火藥、造紙術，都是中國傳過去的。

如果是的話，後來的「邯鄲學步」，可能是西洋人了。

與「邯鄲學步」的成語最相似的，是「東施效顰」，西施是西村施姓女子，麗質天生的美人，有沉魚落雁之容，舉手投足都優美，即使蹙眉苦臉也見艷麗；東村有一姿色平庸的女子，也想效法西施蹙眉的樣子，但她蹙眉起來更難看，連本身還不錯的樣貌也醜化了。

我這次去邯鄲，似乎也在學步，面對種種歷史遺蹟、神仙境地，令我震撼，令我好奇，東張西望，疑問重重，聆聽講解，聆聽描述，實際還領略不足，我好像昔日那壽陵少年，去邯鄲學步而沒有學到什麼步伐？幸好沒有弄壞雙腳，不用爬回來，可以搭乘飛機返回美國鳳凰城，阿彌陀佛！

邯鄲古城多史蹟

這次隨世界華文作家交流協會邯鄲采風一週，回到鳳凰城，許多親友都詢問旅程如何，好玩不好玩？我答很好玩，值得一遊，但一般人對邯鄲這個城市非常陌生，海外華人認識不多，一時之間就不知從何談起了。以我來說，七十多歲，自問經歷不淺，也是從「邯鄲學步」成語獲得印象深刻，其他細節完全不清楚。

上網查詢囉！不錯，網路資料豐富，便利萬民，出外旅遊，大有幫助。查出的資料顯示：邯鄲是河北省省轄市，地處河北省南端，為該省第三大城市，因邯山至此而盡，盡也叫單，為了作為邑名，故單字從邑　，因而得名邯鄲。

那麼，河北省又在哪裡？資料指出，位於中國華北區域，在漳河以北，東臨渤海，內環京津，西為太行山，北為燕山；省會石家莊，邯鄲是十一個省轄市之一。

清楚地理位置，知道所去方向，世華交流會心水祕書長，仍不放心，更謹慎地查看邯鄲機場飛行班次，發覺每日航線不多，對於來自世界各地的文友來說，萬一遲滯了，再補充航班就遇到困難，提議改在河南鄭州新鄭機場進出為妥。這當然增加主辦單位的麻煩，但最後獲得接納，讓大家安心，這就讓負責接送的史少華處長辛苦了，帶領張龍、張可兩員健將，整天在鄭州機場與凱芙國際酒店之間忙碌，任勞任怨，我的早到，讓他們倍增勞累，甚為抱歉。

去邯鄲一週，當然不是學步，卻真的增長見聞，學習很多新知識；我到邯鄲，才發覺以為自己見多識廣，原來是那麼膚淺。《紅樓夢》描述劉姥姥入大觀園，或一般人常譏諷「大鄉裡出城」、「鄉下佬遊埠」，這回邯鄲行程，我覺得自己也很相似。

譬如說，從鄭州往邯鄲途經安陽參觀福斯佳地產公司時，黃添福董事長在酒樓邀請午餐，那張能坐卅座位的龐大圓桌，我就前所未見。又在邯鄲賓館的早上，看到張可文友駕駛那輛短得不能再短的四座位車子，也是大開眼界。在廣府小鎮坐遊船時，看見兩棵高高的樹上一叢橫枝伸出，有點像聖誕樹樣子，很稀奇的植物，探詢下才知是高聳煙囪加添的裝飾，諸如此類，令我眼花撩亂。

說到書本知識，「邯鄲學步」的成語固然小學時就懂得，其他「毛遂自薦」、「黃粱美夢」、「紙上談兵」、「圍魏救趙」、「完璧歸趙」、「負荊請罪」、「瓜田李下」等等，小時候聽長輩講故事，幾乎耳熟能詳，但完全不知道出處在邯鄲。抵達邯鄲的第一晚，在主辦單位的歡迎儀式上，在座談會中，聆聽旅遊局長苑清民、作協主席趙雲江等領導發言，我才知道邯鄲是成語典故之鄉。也初次知道，邯鄲是中國古城，有史以來惟一保持不變的地名；更令我驚訝的，傳說上古時候女媧煉石補青天，摶泥吹氣造人，是人類的始祖，就是發生在這個地方。

邯鄲采風，實實在在讓我感到相當意外，似乎走入一個神仙境界，因為一站一站的景點，幾乎是民間熟識的神話故事。平日常提到的八仙，最著名的純陽祖師呂洞賓，就是在邯鄲；黃梁夢的盧生傳說，也是在這裡。嘩嘩！神韻真多！我們前往參觀黃梁夢呂仙祠，在進門右邊的牆壁間，看見「蓬萊仙境」四個大字，據講解員述說，「蓬萊仙」三字就是呂洞賓的筆跡，清乾隆皇到此遊覽，特地在後面加上「境」字，就是現在的「蓬萊仙境」，我想大概清帝不願被神仙沾光吧。由左邊直徑而行，沿路是神仙洞府，末尾是盧生躺臥的雕塑，側面更有一個大「夢」字的石雕，惹人注目，我見一副對聯，這樣寫著：「睡至二三更時，凡功名，都成幻境；想到一百年後，無少長，俱是古人。」雖然寫實，但容易令人消極，覺得人生如夢，不思進取。

在邯鄲，除了有神仙境界之感，彷彿還有回溯歷史的年代。我以前在粵曲聽過的「千里送京娘」，演唱宋王趙匡胤的一段感人情節，居然在邯鄲出現，這裡就有個京娘湖的名勝。數數古蹟看看，真真不少，鄴城遺址是其中之一，三國的曹操曾在此大事建設，什麼轉軍洞啦、銅雀台啦、金鳳台啦、冰井臺啦，都是那時的建築物。而再遠的戰國時代，趙武靈王在邯鄲公園建設叢台，作為檢閱軍隊和欣賞歌舞的地方，古稱武靈叢台，一直流傳至今，我們可以登臺眺望，發思古之幽情。

此外，位於峰峰礦區鼓山的響堂寺石窟，也是歷代建設不少佛教寺廟、殿堂、樓閣、古塔的地方，遍佈山麓各處的佛洞、石窟，均殘傳雕刻的佛經，據說在北齊時期就開始建造，歷經後隋、唐、宋、元、明、清，加以擴建和維修，成為今日規模最大的石窟。

另一個讓我差點以為是廣州府的廣府古城，也是二千多年的古老城鎮，是戰國時毛遂封地，明清時棣屬廣平府，故稱廣府，因少人注意，稱為被遺忘的古城。這個小城，也是太極拳之鄉，楊家太極拳的發源地，我們到來，獲得表演給我們觀賞。

除了這些中國神仙境界，古老史蹟外，也有較為近代的景觀，如大名縣，雖然也是古城，有明城牆，有狄仁傑祠碑，古色古香，但是，石刻博物館卻讓人留意石刻藝術較多，古今兼併；而瞻仰天主大教堂，靜靜聆聽講述，就有近代的觀感；介紹鄧麗君家鄉，更想到「小城故事」，越接近現代了；館陶的糧畫小鎮，讓我們回到現在的鄉村藝術，走出古代的背景。

真正展示現代衝勁，充滿現代氣息的，是一二九師司令部舊址，那是劉鄧將軍抗戰的雄壯事跡。

在邯鄲采風的壓軸一站，是張可文友誠意安排，趁佛祖誕期間，讓我們到廣府古城甘露寺參拜，共沾佛法，福壽康寧。據說甘露寺是千年古寺，隋煬帝妙善公主曾在此處出家，寺廟歷盡滄桑，民國時毀於戰亂，去年重新修建落成，才有如今宏偉的佛寺。我們到來，住持究成法師親自在廣場接見，授與每人一條哈達，一串佛珠，互相合十敬禮，並引導參拜佛殿，在佛堂聽講，至此，為采風行程畫下句點。

這樣子，邯鄲采風一星期裡，從中國傳統儒家文化，神仙道觀，天主教堂，以至佛教遺跡與虔誠禮佛，處處文物薈萃，名勝古蹟多多，讓我覺得精彩奇妙，有點與別不同的感受，剛集中注意欣賞這個景象，卻被另一個迴異景觀所吸引，不斷轉移，特別有趣味，比以前任何一處旅行都要優勝。

我自從退休以來，每年在越、美兩地往返，經常參加旅遊，在各大旅行社選擇地區，在中國境內，離不開上海、北京、蘇州、杭州，或者廣州、嶺南各地、桂林、雲南等等，最奇怪的，就是沒有看過宣傳邯鄲旅遊的廣告。臨別時，我曾對為設宴歡送本團的旅遊局陳軍副局長建議，應該盡量與外國的華人旅行社掛鉤，盡量為旅遊邯鄲宣傳，讓海外華人不要錯過這個歷史勝地，我們這批文友，返回原居地，亦必義務宣傳，以答謝獲得熱情的招待！

廣府古城

甘露寺

袁霓

原名葉麗珍，出生於印尼雅加達。著有短篇小說集《花夢》、微型小說集《失落的鎖匙圈》、《雅加達的聖誕夜》、散文集《袁霓文集》、雙語詩集《男人是一幅畫》、詩合集《三人行》，作品並收錄在《勁風中的小草》、《沙漠上的綠洲》、《翡翠帶上》、《印華短篇小說集》、《印華散文集》、《印華微型小說集》、《印華微型小說集II》、《面具》、《做臉》、《世界華文女作家微型小說選》、《香港文學小說選》、《華語文學2005》和《華語文學2006》等合集中。

現為印尼華文寫作者協會總會長，世界華文微型小說研究會副會長，世界華文作家交流協會副祕書長，印尼客屬聯誼總會祕書長，印尼雅加達客屬聯誼會副會長，印尼梅州會館副會長。

走進歷史，走出現代

邯鄲古都

澳大利亞心水先生創辦的世界華文作家交流協會受邯鄲旅遊局的邀請到邯鄲采風。被邀請的作家十六人，有新加坡寒川、林錦、艾禺、馬來西亞朵拉、印尼袁霓、加拿大林楠、澳洲心水、婉冰、倪立秋、莊雨、沈志敏、荷蘭池蓮子、德國譚綠屏、美國周永新、汶萊晨露等，我想，大家都與我一樣，都因為邯鄲的誘惑而來。

邯鄲這個名字，從開始看中國的歷史故事開始，就深深地印在心裡。好多年前，從鄭州乘火車到北京，在邯鄲站停留，我看著站名，心裡就想，幾時我有機會到這個久已慕名的古都來看看。

這個機會終於來了。

邯鄲位於河北省最南端，西依太行山脈，東接華北平原，管轄十九個縣市區。最初以為只是一個小地方，去了後，花了一個星期去遊覽各地名勝，才知道原來邯鄲範圍很廣。

邯鄲擁有八千年的人類文明史，是一個有三千一百年文字記載的歷史文化古都，也是中國歷史上三千多年來唯一延留至今從不曾改過的名字。戰國時期，它是七雄之一趙國的都城，趙國的八代君主，在邯鄲鼎立了一百五十八個春秋。

邯鄲也孕育了諸多英雄人物，誕生了趙武靈王，秦始皇，走出了荀子、公孫龍、廉頗、藺相如、魏征、李若水等等。還留下了洋洋灑灑五千多條成語典故。其中有邯鄲學步、黃粱美夢、胡服騎射、完璧歸趙、毛遂自薦等膾炙人口的成語典故。

沉澱著厚重的歷史的邯鄲，遺留了眾多的歷史文化遺產和名勝古跡，成為了全中國著名的露天博物館和文化大觀園。當我們在邯鄲的路上走著，想到我們腳下可能就埋藏著千年的古城或古墓，就不由自主地充滿敬畏。

邯鄲市中心有一個武靈叢台公園，這是兩千三百年前，趙武靈王閱兵賞武的地方，據說武靈叢台是由眾多的亭台組成，台台相連，歷盡千年的風雨滄桑，目前只剩下一台，佇立在中央，雖經千年風雨的腐蝕，卻依舊壯觀，公園裡的亭臺樓閣，曲橋長廊，綠樹紅花，美不勝收。公園裡很多老人在跳廣場舞，有的在樹下下棋，看他們悠然自得的樣子，對於我這種每天忙得焦頭爛額的人來說，真是羨慕。

邯鄲市內有很多公園，常常看到大樹草地，公路兩邊，則是一整排的月季花開得真豔。

忽然想到雅加達只有一個摩納斯公園，住家環境沒有一個可以呼吸氧氣的公園，不由有一點悲哀，目前阿學省長一直致力於美化雅加達，希望阿學省長可以連任，多造幾個公園造福市民。

一二九師司令部

在邯鄲，有很多值得一去的地方，有解放軍一二九師紀念館和舊址，看到了一二九師在抗日戰爭中的劉鄧故居、將軍嶺等景點，深切感受到在戰火紛飛的歲月裡，八路軍一二九師的將士們，為了保家衛國，浴血千里，轉戰太行山的大無畏精神。

一二九師是抗日戰爭時期，中國解放軍的一個主力軍隊，由劉伯承和鄧小平領導，挺進太行山去，開闢、創建了晉冀魯豫抗日根據地。

一二九師司令部在邯鄲市涉縣城西四點四公里的赤岸村，現在被列為中國全國重點文物保護單位，4A級旅遊景區。

司令部舊址在一個小山坡上，小石板路，陡陡地彎上去，不是很難走，但可以想像幾十年前，此處一定非常地隱蔽，才會被選為解放軍的司令部。司令部舊址設在三座相鄰的農家四合院裡，依勢而建，錯落有致。下院是司令部辦公的地方，北屋正房有會議室，西屋劉伯承辦公室，東屋警衛室，南屋辦公室。出了院門再上幾層臺階（原來是陡坡），就是劉伯承和鄧小平的住處兼辦公室，臥室裡只有一張床，一張桌子，堪稱簡陋，可是這樣的房間，卻住著指揮千軍萬馬，讓敵人聞風喪膽的劉鄧兩位將軍。

一二九師司令部作戰室舊址現成為木刻版畫展室，陳列著抗日版畫，體現當年太行軍民艱苦歲月中頑強抗敵的故事。司令部作戰室一共有五間，地方不大，但就是在這麼一個不起眼的地方，劉伯承、鄧小平兩位將軍，在這裡指揮了大小戰役三萬一千多次，收復了一百九十八個縣城。

在陳列室裡，我們看到了一個一二九師的組織表，發現了很多我們熟悉的名字：劉伯承是一二九師師長，徐向前為副師長，倪志亮為參謀長。當時級別比較低的，有趙紫陽、傅一波，還有黃鎮等等。一二九師在邯鄲涉縣駐紮長達兩年，新中國成立後，從大行山這塊土地走出了鄧小平和兩位元帥，三位大將、十八名上將、四十八名中將、二百九十五名少將、先後有近百名老領導擔任中國共產黨和國家的重要職務，成為中國第二代領導集體的中堅力量，被譽為「中國第二代領導的搖籃」。

在一二九師司令部北面的一個高地上，是將軍嶺，一共有兩個129個臺階，臺階最上端，有一個高高的石碑，「將軍嶺」三字由鄧小平親筆題寫。將軍嶺上安放著劉伯承、黃鎮、徐向前、李達、王新亭、袁子欽、趙子岳等將帥的靈骨。在靈骨安放處還有將帥的雕像和紀念碑，還有劉伯承元帥的紀念亭。

1986年劉伯承元帥去世，根據他的遺囑，把他安葬在太行山將軍嶺第一個一百二十九個臺階處。此處後來建了紀念亭，亭中央是花崗石雕刻的劉帥雕像。1989年黃鎮將軍逝世，他留下遺願：「生前追隨劉伯承元帥揮師太行，浴血奮戰，死後也要伴隨劉帥遺骨回太行。」1990年2月，徐向前元帥去世，根據他的遺願，他的骨灰撒放在將軍嶺上的第二個一百二十九個臺階處，並在一百二十九個臺階上面的平臺上立著他手持望遠鏡的全身雕像。此外，還有李達將軍、王新亭將軍、袁子欽將軍等等的骨灰都安放在將軍嶺上。邯鄲涉縣的將軍嶺，是除了北京的八寶山之外，安葬中國最多將軍和元帥的地方。

遊覽一二九師舊址，是我們所有行程中最特別的一個地方，也最震撼和衝擊我的心靈深處。

黃粱美夢

我們都聽過「黃粱美夢」這句成語和故事，做這個美夢的盧生，是一個貧苦的讀書人，整天想著的是功名和榮華富貴，屢上考場，但每次都失敗，心中充滿著怨屈和苦惱，有一天，他在邯鄲的旅店，見到一個呂翁，向他訴說著自己的貧困和苦惱，問呂翁怎樣才能榮華富貴？當時，店主正在煮黃粱飯，呂翁給了他一個枕頭，讓他好好睡一個覺，他做了一個夢，夢到自己出生，長成少年，讀書、考場應試，高中了。被封官後，青雲直上，做到大首相，真是一人之下，萬人之上，可謂八面威風；身為大首相的他，妻妾成群，子孫滿堂，在他躊躇自滿的時候，被小人在皇上面前告了他，皇上大怒，下了聖旨滿門抄斬，他也被五花大綁，被推倒刑場斬首，就在劊子手的刀下來的時候，他驚醒過來，這時候，他發覺，原來剛才的榮華富貴，只是一個夢，一切依舊，它還是一個窮書生，店裡煮的一鍋黃粱飯，都還沒煮熟。原來一切都起於自己的虛幻夢想，這就是黃粱美夢的故事。

黃粱夢呂仙祠坐落在邯鄲城北十公里處，建於宋代，是全真教建造的一個道觀，共占地二十畝，規模宏偉，是中國北方保存的最好的道觀之一。

進門第一進，是主殿呂祖殿，共有三進，拜的是呂洞賓。據說當時盧生見到的呂翁，就是呂洞賓。雅加達有一間「呂洞賓廟」，已經有百多年的歷史，廟不大，據說很靈，是打鐵匠和商人經常去祭拜的一間廟。

呂祖殿的後面就是盧生殿，那裡有用大青石雕刻的盧生側臥睡相，每個人進來，都要摸一摸，千年來，已經被人摸得光滑明亮。盧祖殿的東西北面牆壁，是描繪盧生「富貴榮華終幻因，黃粱一夢了終身。」的壁畫。

黃粱是小米，煮出來的飯是黃色的，很鮮豔，配以各種小菜，非常可口。最初我還以為黃色的飯是因為放了我們南洋的黃薑，後來才知是小米本來的顏色。據說小米也只有北方才有，南方種不出來，而且一年只能收割一次，因此非常珍貴，是邯鄲地區的特色菜，幾天來，我們在邯鄲地區，差不多每天都有這一道菜。

呂祖殿前面有一個石碑，刻著一個繁體字的「夢」，給我們講解的導遊，據介紹是當地的金牌導遊，很有學問。她給我們解釋「夢」的意思，她說，這個「夢」字，揭示了我們的一生，最上面是「廿」，表示我們二十多歲，青春正年少，接下來是「四」，人已經到了中年，接下來像六的蓋頭，剛好一個甲子，最下面是「夕」，人生已經是夕陽了。總結一生，人生是一個夢，不必強求，不必為了貪婪欲望，去爭得你死我活。

看了這個「夢」字，再看了壁畫，黃粱美夢給了我們一個啟示，夢是虛幻的，做人總要腳踏實地，有計劃去實施，才能成功，怨天怨地，單靠做夢，總是一場空。

美麗鄉村——館陶糧畫小鎮

美麗與鄉鎮，在我的腦海裡掛不上鉤，因為我去過的鄉村，看起來只有淳樸、自然，有一點點落後，談不上美麗。可是，當我們進到這個鄉鎮——館陶糧畫小鎮，給我的第一感覺，卻是美麗得讓人驚喜，美麗得讓人愕然，美麗得讓人措手不及。整潔的小巷，掛漫畫的兩邊牆壁，差不多每家每戶都把他們的作品掛在牆上，我們從葡萄架下走過，坐在家門前聊天的幾個老奶奶看著我們笑，空氣中漂浮著濃濃的藝術味道，沾染著我們的身心。

這個美麗的鄉鎮，在邯鄲的東部館陶縣。由幾個鄉村組成，就像一個四方形的八字，我們只遊覽了其中幾個鄉村，特別參觀了出名的壽東村。

我們在壽東村，進到一個糧畫坊，牆上，掛著一幅幅製作完成的山水、人物、花鳥、民居等畫，每一幅畫，都栩栩如生，遠看，根本就看不出是用五穀雜糧等各類植物製作的畫，近看，由衷地佩服這些畫師的信心和耐心。畫坊裡，十多個年輕的姑娘正在細心地把各種顏色的五穀種子，一粒粒用攝子夾起來，根據墊著的畫本，慢慢地排列。

製作一幅糧畫，需要十幾道工序，糧食要先經過特殊的防蟲防腐處理，膠水要用特製的，要選擇各種顏色的稻穀種子，通過黏、貼、拼、雕等方法來製作，完成一幅畫，需要花好長的時間，因此，一幅畫的價格並不便宜。

據鄉長介紹，糧畫起源於唐代，興盛於清代。館陶縣的糧畫則興起於清代末年，後來斷層。直到有一天，一個農民畫家張海增在晒麥子的時候突發奇想，為什麼我們不能像古時那樣把糧食製作成字畫呢？這樣，糧食的價值就不止是糧食了。於是，他不停地摸索，尋找資料，不停地試驗。終於，失傳已久的的糧畫重新展現在人們的面前，張海增還把他的發現推廣給村裡的鄉親們，帶領鄉里人一起製作糧畫，一起致富。目前，館陶糧畫再次興盛繁榮起來，不但行銷國內，國外也有人買。

從糧畫坊出來，我們進村裡參觀。村裡的家家戶戶，都充滿了藝術味，用玉米疊成的福祿壽，用竹子圍起來的運動場，古老的水井，以及還原的土坯房……，都讓我們感受了美麗。

最吸引我們的，是牆上掛著的畫，有的是糧畫，有的是水彩畫，有的是毛線和布拼成的畫，我們一步一停留，慢慢地欣賞，是什麼因素？讓整個村的人都這麼愛好藝術？

牆上熱鬧的壁畫，讓我想起了哥本哈根的嬉皮村，那裡的藝術味道也很濃，但是在嬉皮村，我會覺得害怕；在這個美麗鄉鎮，我們看到騎著腳踏車的老伯伯，安詳地在葡萄架下過，小孩子在追逐遊戲，老奶奶坐在門前聊家常，整個村裡的氛圍，就是一團祥和。

村口的橫幅上，寫著「全國十大最美鄉村」。館陶糧畫小鎮，確實無愧於這個稱呼。

譚綠屏

譚綠屏，漢堡藝術家，中國書畫教師、原南京市美協會員、世界華文作家協會歐洲會員、海外華文女作家協會會員、世界微型小說研究會歐洲理事。

出國前為江蘇省旅遊品銷售公司外賓部現場畫師。1984年遊學西德，繪畫作品常登載於德國多份華文刊物的首版和封面。1992至1994年獨立創作完成多幅大型壁畫；1994年獲國際水墨大展楓葉獎；2002年出版文集《揚子江的魚，易北河的水》；2004年應邀第十三屆世界華文文學國際學術研討會講演；2005年於江蘇省美術館舉辦個人畫展，南京市作協舉辦個人作品座談會，微型小說入選「2005年世界華語文學作品精選」。

朝霞滿天，太極拳聖地廣府城

當今太極拳，如滾滾海濤潮湧、遍佈大江南北、五湖四海，和諧社會、造福人類，被譽榮為中華民族「四大發明」之後的又一偉創發明。

來到邯鄲廣平府，才知道這座上溯至春秋，距今已有兩千六百多年歷史的文化古城，集天地之靈氣，孕育成長了兩位太極拳宗師和一代代太極傳人、太極頂級大師。宗師楊露禪（1799—1872），窮而有志，始創楊式太極拳。宗師武禹襄（1812—1880）富而能仁，始創武式太極拳。時事變幻，自有英雄才俊輩出。太極拳從初始的秘而不宣、自衛門戶於暗鄉僻野之中，轉而遵師重托推廣傳播，進入京城軍師、王公貴族大門。文人練功習武，打破了中國武術初始以口授心傳的自我封閉現象，得天意於今別開生面以趨向導航化、科學化、大眾化，發揚光大、走向社會、走向世界，殊成全人類的文化瑰寶。

廣平府，中國人文歷史最深厚、傳承最悠久的七大古城之一。春秋時為晉國曲梁城，隋末建城築垣，為夏王竇建德都城。歷代逐改名稱廣年、永年、易陽、廣平路、廣平府，亦即今人所示的廣府古城；從歷史上的兵家必爭要地、政治軍事、文化商貿中心演變為目前的政治、經濟文化中心，成就華北地區保存最完整的古城、唯一的旱地水城、和當今聞名世界的太極聖地。

我們來到廣府南門外楊露禪故居。座東向西，入門便見一磚砌高屏迎面。屏壁浮雕蓮花瓣圍繞黑白陰陽魚「太極圖」，莊重偉岸震攝人心。故居的牌匾兩旁分立光緒帝老師翁同龢當年親自手書相贈的對聯「手捧太極震環宇，身懷絕技壓群英」。這裡同時又是後代傳人「打天下，傳天下」的「中國永年楊露禪太極學院」。長方型的四合院中，幾位拳手在5月和煦的陽光下，伴襯著桔色豔麗的玫瑰，擺開功架，不緊不慢、悠然舒展操練楊式太極拳。我們的荷蘭中醫師池蓮子，情不自禁即興加入；隨後來自加拿大、澳大利亞的文友也緊跟其中。滿院落呈現眼前一派祥和無止無境，只道是時間太短少，急匆匆不得不辭別，留下滿心憾然。

久經滄桑、興盛和衰落，迄今已一千四百年歷史的甘露寺，位於廣府古城東關。其厚重歷史沉澱營造得天獨厚福祉，2006年因緣善舉大開重建。地尤廣袤四萬五千平方米，金碧輝煌、宏偉壯觀，亭臺樓閣、雕樑畫棟，柳岸橋影、樟木佛像，令人驚詫讚歎、留戀忘返。一派清池蓮荷、紫氣飄香的人間淨土，福澤連綿、慈悲仁懷。民眾百姓得以進香還願、修身養性，社會民間得以生生息息、平和安寧。

甘露寺住持究成大法師慨允佛家大禮歡迎我們來自世界各地的華文作家，親自為合十參拜的采風團我們每人佩上珍貴的崖柏佛珠、戴上金黃的綢緞哈達，並合影留念。「般若講堂」

是佛門佛家學子修身念佛、聽課抄經的佛學講堂。講臺壁面清淡的蓮荷畫綴左，輕巧推顯工整醒人的隸書：「世界和諧，從心開始，與人和諧，從我開始」。我們席地分坐整齊排列的打座台前，聽大法師開示廣普博論，一享佛門的玄心沉靜。甘露寺特地請中國商道研究院院長邵奕晟先生，為我們精彩介紹觀音文化與甘露寺的歷史典故。打座台上端放《般若羅蜜多心經》，供善眾沾佛法求康寧。

楊式太極拳第六代傳師楊建超為我們講解了太極拳的淵源要目。般若講堂門前廣場上，率領一幫高手弟子，為我們表演了一套健身益體的楊式太極拳拳藝，功夫大氣磅薄，氣壯山河。

太極拳基於太極陰陽之理念，以柔克剛、急緩相間、剛柔並濟、用意念統領全身，含蓄內斂、入靜放鬆，使意、氣、形、神圓融一體，且以武德修養同時提升塑建習練者的體質和素養，通靈顯現了中國傳統文化的含蓄之重。

讓我們看看，十九世紀末世界人口的平均壽命有多少?由於缺醫少藥，僅為四十歲。1949年中國人的平均壽命只有三十九歲。而當時太極拳師的平均壽命超出七十歲。可見得太極拳修身養性，陶冶情操、強身健體、益壽延年的功效。

太極拳宗師，究其身世功業，其實皆起家於比武較技，戰勝百家武師。特別彰顯在1840年至1911年永年太極拳創業時期，適逢鴉片戰爭，中國慘敗淪入半封建半殖民地社會。外患內亂，急須「尚武圖強」、救國救民。楊露禪次子楊班候（1837—1892），一位傑出的武術大俠，崇尚武德大義、胸懷豁達容人，宣導大眾練武強身，以備卸侮雪恥。1860年英法聯軍乘鴉片戰爭之邪惡大舉侵華，姦淫燒殺、搶劫擾亂、無惡不作。時年二十三歲的楊班候任職清軍教官，頑勇率領清軍和民眾，揮舞大刀、殺進殺出、重創敵軍。一次因路見不平，擊傷洋人之後，為避禍腐敗清政府罪罰而輾轉逃亡廣府老家。然不久即忍無可忍懷端赤膽忠心，大義凜然、大無畏進京，應戰對擂狂妄的荷蘭大力士多爾古在天壇設下的百日擂臺。格鬥中施展輕功、柔術、彈簧勁、太極絕技沾粘術等出神入化的太極拳術，鐵骨錚錚、一舉完勝狂囂單臂舉幹斤的洋人大力士，以蓋世武功為國人掙得揚眉吐氣，登上中華民族英雄榜。

楊式太極拳三代宗師，祖父楊露禪「創天下」，兒子楊班候「打天下」，孫子楊澄甫（1883—1936）「傳天下」。楊澄甫，堪與其祖父楊露禪齊名的太極偉人，承前啟後、總結、定型、改造、完善楊式太極拳，囑弟子出書立箸，任職高等學府國術教授，為國育才。其弟子大家雲集、豪傑林立，群英輝映、桃李滿天下，達到楊家幾代人的鼎盛巔峰。楊式太極拳成為事實上的國拳，習練者健體強身，益壽延年，受惠全球數億人。

無論光陰荏苒，曙光不改初衷，不吝大度攀上巍巍廣平府城牆，朝霞滿天無窮；人們不等日出，早已城上城下密集湧動、刀劍飛揚、拳腳起舞無盡。廣平府內自小學生四年級起開始教學太極拳課程。廣平府的孩子從小秉承太極之中道，善養淳和中道之氣。太極浩氣融於百姓生活，融於百姓血脈，柔中有剛、能伸能屈、處變不驚、處驚不亂、順其自然。太極傳人樂觀豁達、隨遇而安、樸實堅忍、融洽和諧，代代相傳。廣平府不愧為世人頂禮膜拜的太極聖地。

拜讀太極拳史績，再看太極傳人操練，中華太極果如太極球圓渾一體，正氣立身、勢不可擋，觀望者皆　然增敬。

2016年6月30日定稿於漢堡

荷蘭中醫師池蓮子於楊露禪故居情不自禁加入操練楊式太極拳

文友們也緊跟其中操練太極拳

甘露寺究成大法師為譚綠屏戴上哈達、佩上佛珠

世界華文作家交流協會邯鄲采風團於巍巍廣平府城牆上合影

倪立秋

文學博士，擁有中、澳多所大學學歷和澳大利亞專業翻譯資格。先後移居新加坡和澳洲，在武漢、上海、新加坡、墨爾本從事教學和管理工作。

已在中、新、澳出版著作六部，包括《新移民小說研究》、《中文閱讀與鑒賞》、《中文寫作》、《東西文化的交匯點》等。

2012-2014年在墨爾本《大洋時報》開設「讀詩增智學英文」詩歌翻譯專欄，發表譯詩一百四十餘首。2016年1月起為武漢《文學教育》雜誌「學者」專欄寫稿，評介華人作家作品。

曾在《中國青年報》、《華文文學》、《文學教育》；新加坡《聯合早報》；美國《僑報》；澳洲《墨爾本日報》、《聯合時報》、《大洋時報》等數十家中外媒體發表作品近三百篇／首，計兩百餘萬字。

探訪古跡，仰視古色邯鄲

走近邯鄲之前，我腦中的邯鄲是模糊的，單色的；親近邯鄲之後，我眼前的邯鄲是立體的，多彩的。2016年5月的采風之旅，我見識、親歷了邯鄲的古遠深沉和繽紛活力。

邯鄲之古，毋庸置疑。已擁有三千餘年的建城史，至少三千一百年未曾改名，就憑這一點，邯鄲之古也足以令其他城市望塵莫及。更何況還有傳說中女媧在其中摶土造人、煉石補天的中皇山，透出人類種植業曙光的磁山文化，開中國軍事改革先河的胡服騎射，擁有世界最大摩崖刻經群的響堂山，漢末建安文學的發源地臨漳銅雀台，還有近兩千條中華成語典故與其有著深厚淵源……。

從西元前430年至西元1131年，歷史上在邯鄲境內建立的政權有魏國（魏文侯）、趙國（趙敬侯）、曹魏（曹操）、北齊（高洋）、夏（竇建德）等；僅在戰國時期，邯鄲作為趙國都城就達一百五十八年之久，是古中國北方的政治、經濟、文化中心。

如今的邯鄲擁有十多條文化脈系，包括趙文化，毛遂、女媧、鄴城、石窟、大名府、磁州窯、廣府、運河等文化，內涵博大精深，風格豐富多彩，這些昔日輝煌足以讓我這個華夏後輩自豪而又恭敬地對其昂首仰視。

這趟邯鄲之行，我親睹了古色邯鄲曾有的輝煌，隨世界華文作家采風團考察了很多古跡，包括北響堂山石窟、武靈叢台、磁州窯富田遺址、大名縣明城牆、弘濟橋和廣府古城等。

武靈叢台有兩千餘年歷史，遊客站在其最高處，可西望太行餘脈，近觀邯鄲市貌，俯瞰叢台湖景，耳聞邯鄲市囂，這裡是遊人懷古思今、欣賞湖光山色的絕佳場所。這個曾經的趙王檢閱軍隊與觀賞歌舞之地，如今已是趙都歷史的見證、古城邯鄲的象徵，再加上胡服騎射這個中國首次成功軍事改革的歷史故事，更為武靈叢台罩上了一層智慧與謀略的光環。

磁州窯富田遺址坐落在磁縣及峰峰礦區，古代地屬磁州，故名磁州窯。見到遺址博物館內那些狀如今日蒙古包的古窯，整齊堆放的圓柱形黃褐色籠盔，靜靜擺放在古窯旁邊的泥土色八棱滾子、磨盤和碾槽，我彷彿能親眼看到自宋代起，歷代北方窯工們揮汗勞作的身影，親耳聽到不同朝代的爐火在窯內劈啪作響的聲音，親手觸摸那逐層壘築華夏文明的塊塊青磚和片片灰瓦，親身感受中華文明的厚重與質感。

弘濟橋位於永年縣廣府古城東面，橫跨滏陽河，橋身和橋面全用石塊砌成，堅固結實，美觀大方，拙樸典雅。但規模比趙州橋略小，在現存古代石拱橋中位居第二。曾於西元1582年（明萬曆十年）重修，因外形與趙州橋相似，又被稱為趙州橋的姊妹橋，它已默默在滏陽河上橫跨了大約一千四百年，見證過眾多朝代的更替變遷。它曾是冀魯豫三省交通要道，因「其功甚弘，其利甚濟」，還因修橋時有各方力量共襄善舉，故取橋名為「弘濟」。永年政府為保護這座古老石橋，已在其兩側分建生產橋和交通橋。兩座新橋的建造，既方便當地生產和交通，又能有效保護弘濟橋。如今，千餘年過去了，我和來自近十個國家的作家一起談笑拍照，漫步古橋石板路上，怡然自得；俯瞰橋下石拱淩波，碧水潺潺；近觀河邊楊柳依依，鮮花簇簇；遠眺廣府河道蜿蜒，芳草萋萋——心中不由得對古人智慧發出驚贊，由衷為先民傑作感到驕傲，向這座民族智慧結晶油然致以敬意，對這份歷史文化遺產虔誠注入深情。

廣府古城距今已有兩千六百多年歷史，最早於春秋時就有文字記載，其城池形成於魏晉，戰國時為趙國毛遂封地，隋末農民起義軍領袖竇建德曾選擇在此定都建立「夏國」。廣府古城曾是明清時期邯鄲的政經中心，也是楊式、武式太極發源地，被譽為「中國太極拳之鄉」。古城處於永年窪澱中心，擁有國家級濕地公園，園內包含廣闊水域和美麗蔥郁的蘆葦蕩。遊人如我等若深入其中，目力所及，定會有驚喜發現：這裡水圓城方，萬畝葦塘，千畦水稻，十里荷香。此時我感覺自己彷彿不是身處中原腹地，而是置身江南水鄉。

據說永年窪澱有四萬餘畝濕地，是繼白洋澱、衡水湖之後的華北第三大窪澱。廣府古城是世界夏令營基地之一，永年是繼北京、寧波之後中國第三個世界夏令營基地。穿過有千百年歷史的古城門，登上曾經戰馬嘶鳴、戰火紛飛的古城牆，俯視那環繞城下、依偎城腳、碧波蕩漾的護城河，遠眺城外隔河相望的仿古建築和波光粼粼的蘆葦水蕩，我不禁感歎歲月之匆匆，天地之悠悠，滄海與桑田，遠古與當下。和一眾文友登上白色遊輪，第一次置身於自中學階段起就曾無比嚮往的蘆葦蕩，與成片茂密的初夏蘆葦近距離接觸，我懷著興奮激動之情，將青青蘆葦盡收眼底，貪婪享受眼前的綠色、眼下的碧水、拂面的葦風、和煦的陽光、岸邊的美景，深深呼吸帶有淡淡葦香和濕潤水氣的清新空氣，盡情享受廣府古城的人文和自然環境，這一切都令依戀古跡又熱愛自然的我沉醉其中，流連忘返。

大名曾在西元1042年（宋仁宗慶曆二年）被建為陪都，史稱「北京」，又稱北京大名府，金朝時曾為大齊都城。參觀大名博物館時，我得知大名府故城於1401年（明建文三年）因漳河、衛河發洪水而被淤泥埋沒，現在這座故城仍被完整保留在地面四米之下的河沙中，相信這座宋城將來若出土，定會如義大利龐貝古城那樣給世人帶來震撼和衝擊。到了二十一世紀的今天，當地政府於2009至2013年重修城牆，我和作家們在大名登上的就是重修後的明城牆。站在古色古香的城牆上舉目四望，只見天空湛藍如洗，城牆蜿蜒前行，兩側民居櫛比，城門車輛出入，我眼前漸漸出現錯覺，一時間，不知道自己是置身古代，還是身居當下，時空穿越之感迅速而強烈地刺激著我的大腦皮層。

走訪考察邯鄲，我不斷在古代和當下之間進行時空穿越，大腦和心緒始終處於活躍狀態，內心不停地為總在穿越的自己重新定位。最讓我感覺彷彿穿越回古代的考察地點莫過於北響堂山石窟，它是響堂山石窟的一部分。據說石窟得名的由來是因其建在半山腰，人們在其間談笑、拂袖、走動均能發出鏗鏘的回聲，故名「響堂」，是河北省現已發現的最大石窟群，也是中國首批國家級重點文物保護單位，響堂山還是四星級森林公園，國家4A級風景名勝區。

我所參觀的北響堂石窟位於鼓山天宮峰西坡，共有洞窟九座，其中大佛洞規模最大，裝飾最華麗。正面龕本尊釋迦牟尼坐像是響堂石窟最大造像，背部刻有浮雕火焰，還有忍冬紋七條火龍穿插其間，雕刻精巧，裝飾華麗，被視為北齊高超佛教造像藝術代表作。

在欣賞這些古代造像藝術品的同時，我的思緒情不自禁地飄向遙遠的陝西乾縣，在那裡有一座巨大的古代帝王陵墓，即唐高宗李治和其妻武則天合葬的乾陵。一九九〇年代初，在乘車前往乾陵的路上，我看到道路兩側並排站立著眾多外國使節的石像，這些石像和我眼前北響堂石窟的佛造像有個相同之處，那就是他們大多已不再完整，有的沒頭，有的缺胳膊少腿，有的甚至整個石像完全消失，只剩下空空的洞穴。問及緣由，導遊們的回答竟然驚人相似：這些不完整的塑像有些被轉賣，有些被破壞，而這些被偷被賣被毀的塑像或其部件，大多可能永遠也無法復原，即使今後能找到那些被賣部件的下落，我們要為此付出的代價也難以估量。

雖然大多已不再完整，但這些洞窟及造像仍然色彩鮮豔，華麗精緻，閃爍著先輩們創造力和藝術才華的光輝，我為這些一千五百年前留下來的造像和石刻藝術作品深深著迷，心中對北齊藝術家的辛勞付出和豐碩成果欽佩不已。

走出石窟群，站在其所在地的最高處，我有一覽眾山小之感：眼前的鼓山，正是初夏時節，滿目清翠，無論是山上山下，還是山腰山腳，到處都是一派蔥郁景象。我想，北齊藝術家們選擇在此開鑿洞窟，塑造佛像，刻經題字，應該是看中了鼓山絕佳的地理位置。面對如此迷人景色，藝術家們的創作靈感應該會如泉水般汩汩流出吧，如果有機會參與這一盛事，我也會毫不猶豫地全情投入的。

2016年6月26日，寫於墨爾本。

北響堂石窟

關於「胡服騎射」的千年回想

參觀武靈叢台是我2016年赴邯鄲采風的行程之一，這處邯鄲歷史古跡記錄著趙武靈王胡服騎射的軍事改革故事。其改革經歷和所取得的成就令我心生佩服，心潮起伏，腦海裡不斷想起歷朝歷代的改革事件及其成敗得失。

中國雖有近五千年文明史，可除開改朝換代時發生的無數流血革命事件之外，歷史上有記載的在和平時期進行的重大改革算不上很多，而且在可數的改革事件中，失敗多過成功。如西元前365年的商鞅變法、西元前350年的秦孝公變法、西元後9-23年的王莽變法、490-499年的北魏孝文帝和馮太后的漢化改革、1069-1085年的王安石和宋神宗變法、明代張居正變法、1898年清末光緒帝戊戌變法和1978年鄧小平改革等，以上所列歷代變法改革，除了商鞅、秦孝公變法和鄧小平改革取得了公認的成功之外，其他都算不上成功，甚至可以說失敗了，而明代張居正變法範圍則非常有限，只對朝廷財政政策做了些調整，嚴格說來他的變法行動不能算是一場全面的改革。

上述所列事件之所以成功或失敗不是本文重點，本文打算重點討論的是，發生在西元前325-299年間，趙國自上而下的一次影響深遠的改革事件——胡服騎射。學過中國歷史的人對「胡服騎射」這四個字應該不會感到陌生，此故事主人公趙武靈王為使趙國強大，有能力抵抗胡人入侵，就動員王公貴族，號令全國軍隊，而且親自帶頭行動，穿著「胡服」，苦練「騎射」，這個強軍故事勾畫出趙武靈王務實踐行、勇於改革、有魄力有膽識的明君形象。

通過改革，趙國軍隊作戰能力得到顯著提升，不但徹底扭轉趙國一度受欺挨打的局面，成功抵禦胡人進攻，而且還順利收復失地，消滅了曾經欺負過趙國的中山國，使趙國成為國力僅次於秦國的強國，而趙武靈王也因此成為歷史上頗有名望的古代君王之一，因銳意改革且成效卓著而青史留名。這場改革之所以成功，關鍵在於趙武靈王善於總結經驗，吸取教訓，發現對手長處，找到自身不足，借人之長，克己之短，並在推行改革過程中親自掛帥，意志堅定，目標明確，排除干擾，擴大戰果。再加上趙國軍民上行下效，上下一心，終於在短短不足三十年時間裡使國力快速躍升，成功躋身於戰國時期強國之列。

「胡服」指的是類似於西北戎狄（又稱胡人）之衣短袖窄的服裝，它與中原華夏族人的寬衣博帶長袖大不相同，俗稱「胡服」。其特點是窄袖短襖，人們穿起來生活起居和狩獵作戰都比較方便。「騎射」指的是趙國周邊游牧部族的「馬射」，即騎在馬上射箭，這種箭術有別於中原地區傳統的「步射」，即徒步射箭；二者相較，胡人作戰時用騎兵、弓箭，與中原人作戰時用兵車、長矛相比，具有更大的機動靈活性。趙武靈王敏銳地發現了胡人的作戰優勢，為了富國強兵，他在邯鄲城提出著「胡服」、習「騎射」的改革主張，決心取胡人之長補中原之短。從此，趙國軍隊從寬袖長衣的軍裝，逐漸改為衣短袖窄的戰服，順應了戰爭方式由「步戰」向「騎戰」發展的趨勢，為國家的穩固和發展奠定基礎。而趙國也因此成為華夏民族最早擁有騎兵軍種的國家，所以「胡服騎射」也為中原國家兵種的多元化發展做出了開拓性貢獻。

趙武靈王在邯鄲提出實行「胡服騎射」的軍事改革主張距現在有兩千餘年時間，在歷史上原本就不多的和平時期重大改革事件中，其成功顯得異常珍貴，他所身體力行的改革不僅對趙國，而且對整個中原華夏民族、對今天的中國都稱得上影響深遠，具有非常重要的意義。這場改革雖然最初只致力於軍事領域，可到後來發展成為一場影響波及全國人民的全面改革事件，因為普通百姓看到軍事改革成效而在日常生活中紛紛效仿，也著短衣窄袖服裝，方便自己出行和勞動，因此這場改革能夠自上而下得以成功推進。梁啟超就據此認為趙武靈王是自商、周以來四千餘年歷史中華夏第一偉人，其能耐足可與秦始皇嬴政、漢武帝劉徹、南北朝宋武帝劉裕比肩，是歷史上四位有能力取得對北方游牧民族戰爭勝利的偉大人物之一，而且還是最值得後代子孫驕傲的一位。1903年，梁啟超在《黃帝以後的第一偉人——趙武靈王傳》一文中作如此評價：「七雄中實行軍國主義者，惟秦與趙。……商君者，秦之俾斯麥；而武靈王者，趙之大彼得也。」梁啟超認為他堪比俄國彼得大帝，盛讚他為「黃帝之後第一偉人」，對他的無比推崇溢於言表。

由此我想到了正在勵精圖治的當今中國，從1978年鄧小平銳意改革推行至今，中國幾代領導人都在不斷深入進行經濟改革，在近四十年時間裡，中國經濟成就舉世矚目，國民生產總值已躍居世界前列，綜合國力大大加強，在世界上的影響力越來越大，人民也快速富裕起來。這些成果的取得，既離不開幾代領導人的改革意志，也離不開全國人民的上下一心，更離不開中國自上而下引進外資、引進西方先進科技和理念、開放搞活的共識，這一點與趙國胡服騎射的改革理念與實際成果有本質上的相通之處。兩千多年前的趙武靈王，兩千多年後的鄧小平，兩千多年前的胡服騎射，兩千多年後的開放改革，彼此還真能產生前呼後應、異曲同工之妙。生活在國力強盛時期的中華兒女，真是幸甚樂甚！

2016年6月7日，寫於墨爾本。

✤ 莊雨

原名張新穎，曾歷任網站主管、中文報紙責任主編、公司翻譯、專欄作家等職。現為大學中文教師和自由撰稿人。詩歌和小說多次獲獎。定居墨爾本。著作多部。

獲獎經歷：《貴族蟹》，小說，首居太倉杯全球華文法治微型小說徵文，三等獎、《水的親情》，詩歌，第五屆炎黃杯詩歌散文大獎賽，銀獎、《歸航》，詩歌，張三豐杯邵武詩歌大獎賽，優秀獎、《蓮的輪回》，詩歌，首屆蓮花杯詩歌徵文比賽，優秀獎。

著有：《師從天才——一個科學王朝的崛起》（與人合譯）、《GMAT寶典》（與人合著），散文集《自在行走》以及小說《渡雪門》英譯本。

詩二首

崖柏

擁獵獵長風
聚大地芳華
終於結成太行翡翠
香入一滴慈悲淚

佛珠只須一串
便彷彿置身整座森林
蝴蝶輕輕舞動翅膀
風便香了

岸

馥鬱的花瓣融入清漣
飲下一杯浴佛之水
有我，無我
此岸，彼岸

積民微評

世俗中人，總是喜歡走極端。要麼沉醉於世俗之中，被物欲所淹沒，追名逐利，遺失自我，不知人生價值為何物，不知種福田所為者何；要麼幻想絕塵出世，浮游於九天之外，實則塵根難斷，天梯飄忽，在塵與外之間反復煎熬。真正的詩人正是自由翱翔於塵與外之間，既心系眾生的喜怒哀樂，又出污泥而不染！心香一束，心花一朵，於清蓮之上。在心緣的漣漪中物我兩忘，蕩滌無邊之心境，溫熱無垠之胸懷，在積極進取、舍我其誰的詩人心中，此岸即是彼岸！看來，莊雨已經看到了「得道」的菩提……

佛都結佛緣

河北省邯鄲市是中國歷史名城，六朝古都。其佛教文化也淵遠流長。世界華文文學交流協會一行十八位文友應邯鄲旅遊局盛情邀請，由心水祕書長任團長，在美麗的五月開始了邯鄲訪問之旅。據邯鄲旅遊局苑清民局長介紹，邯鄲的北響堂山石窟和洛陽的龍門石窟以及甘肅的莫高窟齊名，並稱佛教三大石窟。

此外，在眾多旅遊景點，比如京娘湖、媧皇宮，都或有佛寺、或有珍貴的佛造像館和磨崖石刻。我更是在七步溝的佛寺，有一段難得的奇遇。

當時轉入廟堂，我和池蓮子老師一起，對佛像合十禮拜。這時，女住持特地出來，對蓮子說，看她特別虔誠，可以浴佛。我們才知道，前一天正是浴佛節，因為下雨天氣，來浴佛的信眾不多，所以浴佛持續到第二天，正巧被我們趕上！我們畢恭畢敬地把浸透了清蓮葉、蓮子和蓮花的淨水淋在一尊金色小佛像上，是謂浴佛。然後按照住持所說，取一杯浴佛淨水飲用，據說可以消災免禍。

這番儀式過後，我和蓮子都落在諸位文友後面了。然而浴佛聖水甘洌清新，又具備佛的法力，使我們心底感激長存。我和蓮子首次見面，也因為這次佛遇，開始如同舊時遊。可謂一見如故。

因為我的右肩在運動時不慎拉傷，身為中醫的蓮子自告奮勇，說來給我揉兩下胳膊，我期待的也是如此。蓮子醫生帶來了她的小藥箱，我也沒在意。等她揉兩下、敲兩下後，我低頭一看，手腕處不知何時多了一枚銀針，一股既麻且脹又痛的奇特感覺傳來，自己頓時就驚得不敢動彈。

這是我平生第一次針灸，又驚又喜。驚的是完全出乎意料！只道針灸是祖國醫學絕技，想不到就這麼和絕技相遇；喜的是醫生就是文友詩人池蓮子。我們共同愛蓮，幾天共遊，早已經沒有了拘束感。

蓮子姐姐太親切和靄了。她一邊和我聊天，一邊在我的肩、頸和頭頂紮了數根銀針，並安慰我說：「很多人第一次針灸覺得受不了。你怎麼樣？感覺太厲害的話，就說一聲。」

這激將法真管用，我連忙表態：「沒什麼，我感覺還行！」同時一直笑眯眯，證明自己很堅強。

「這是風啊。」她診斷說。

我似懂非懂，揣測可能是寒風鑽進自己的肩膀去了。心底油然升起一股崇拜之情。

運了一番針後，醫生開始拔出銀針，貼上一塊小膏藥。我一邊不停地致謝，一邊把蓮子送到門口。我是她當晚診治的第五位病人，時間已是深夜。

第二天，我的老肩膀果然好多了，似乎又恢復了青春活力。

蓮子在旅途中不僅給別人帶來奇遇，還講述了她自己的許多奇遇，比如：遇見佛。

一次，她訪問某座佛堂。住持指著海上一艘船問：「你們看見什麼？」

大家皆曰：「看見船。」

住持點化說：「其實你們看到的只是船的一面。它的上面、下面、裡面和背面都看不到。」

蓮子聞聽此言，頓時開悟。

佛都巡禮，不僅止於七步生蓮。在響堂山、在京娘湖、在甘露寺，無不浸潤著佛之甘露。

北響堂山位於峰峰礦區鼓山。存佛像四千三百餘尊，首開三面開龕塑佛像的先河，並有多處彩繪，佛像形態各異，精美絕倫。主要集中了東魏和北齊朝代的佛像雕刻。規模宏大、裝飾華麗。其中大佛洞高達十二米。縱深開闊。這裡的一些菩薩造像和衣飾也開始顯出柔美的線條。

甘露寺是文友張可成為佛門居士之地。始建於北魏時期，已有一千四百多年歷史。唐代重建後，由甘草寺改名甘露。那天，住持究成大法師親自率領法眾迎接我們，帶大家參觀，並贈送珍貴崖柏佛珠。

最後轉入經堂，我們每人面前一本，用來抄寫《般若波羅蜜多心經》，而且專門請來邯鄲楊氏太極拳傳人楊建超大師表演楊氏太極拳。他率眾人白衣飄飄，柔中帶剛的表演堪稱太極拳之經典。

楊建超大師介紹說，楊氏太極拳舒展大方、行雲流水、下盤穩固、頂天立地、並搜上之氣抵達足底湧泉。它要求氣沉丹田，充分體現了中國的含蓄文化傳統。

甘露寺秉承佛教文化，也不忘融匯中國儒家和道家精髓，儒、釋、道一家，善莫大焉。

白雲禪寺

邯鄲：六朝古都，燕趙勝景

邯鄲遊歷一周，彷彿行走在醇厚怡人的書香裡，悠遠的歷史近在眼前，璀璨的文化典籍一一鋪陳。

邯鄲享譽「成語典故之都」。第一天，就獲贈一本大書《邯鄲成語典故》，如獲至寶。勝景迭連，正愁沒有頭緒，這本《典故》提供了一個很好的索引。

這本書由邯鄲旅遊局苑清民局長主編，按先秦、秦漢、魏晉南北朝、隋唐至元明清的歷史朝代分成幾部分，又按詞源、注釋、釋義、書證、考據等對每一條成語進行全方位詮釋。述其本末，非常詳盡。

首先應該談一談「胡服騎射」，講的是趙武靈王學習他人長處、絕不固步自封的故事。趙國當時國力弱小，屢被周邊的胡人欺負。武靈王觀察到胡人著短衣長褲，騎馬射箭，靈活自如，遂決定從改變戰士的服裝開始，訓練騎射，終於在戰場上凱旋，迅速提振趙國國力，躋身戰國七雄之列。

武靈叢台遺址是武靈王閱兵和娛樂的高臺，原來有好幾處，故名叢台，現在還有一處較為完整地保留下來，地處邯鄲市中心，雖然周圍現代化的高樓林立，叢台卻仍然巍峨莊嚴，它凝聚了千年的歷史故事，見證了千年的輝煌和滄桑，撫今追昔，不能不令人感慨萬千。

有一個著名的成語「黃粱一夢」，又稱「一枕黃粱」。邯鄲有呂仙祠，為紀念道教仙人呂洞賓所設，位於邯鄲十公里處，占地廣大，每逢廟會時訪客眾多，香火鼎盛。這裡面居然也生動地闡釋了「黃粱一夢」。此條成語源於唐代沈既濟的傳奇《枕中記》。故事梗概是一個名為盧生的秀才，到某店寄宿，呂仙賜一個瓷枕，盧生夢中見瓷枕小孔漸漸變大，就進入一遊，歷經飛黃騰達，醒來發現店主蒸的黃粱米飯還未熟呢！

呂仙祠的最裡面有盧生的臥像。通體閃閃發光，倒不是成了聖賢，而是訪客從頭摸到腳，希望能經歷盧生的枕中世界，在現實生活中美夢成真！

臥像的四壁畫了彩繪壁畫，描述盧生的夢中情景：先是高中狀元，當了駙馬；後拜大將軍，功名蓋世。然而遭讒陷害，險些丟了性命；最後沉冤昭雪，平反。剛舒一口氣，卻不慎跌倒，健康每況愈下。走到人生盡頭時，大夢方覺。有道是：「呂翁一飯青瓷枕，點破人間萬古迷」。

廟門口有一個大大的夢字石碑。由陳善禮先生書寫。一個夢字，加上空隙處的小字，解釋了夢中乾坤，很有意思。引得許多遊客拍照留念。據導遊介紹，大字是陽刻，裡面的小字是陰鐫，體現了道家陰陽和諧的主要思想。

邯鄲據說三千多年名字未改，很可能因為聲名在外，早已經入典。「邯鄲學步」是大家耳熟能詳的成語，大意不需贅述。不過邯鄲旅遊局導遊倪洋的解說令人耳目一新。據說，燕國的學步之人學的不是一般的步子，而是邯鄲人擅長的某種優美的舞步。這種舞蹈看來具有相當難度。

邯鄲是三國故地，六朝古都。臨漳縣的鄴城是曹操建都之地，至今已經有兩千七百年的歷史。從齊桓公建築鄴城開始，千年間作為都城閱盡曹魏、後趙、冉魏、前燕、東魏和北齊六朝故事。

現在的鄴城存有三台遺址，就是曹操所建著名的金鳳、銅雀和冰井三台。關於建安文化的成語很多，比如「建安風骨」、「望梅止渴」、「煮豆燃萁」等等，無不帶有豐富的歷史文化內涵。

現在只有金鳳台保留了台基。拾級而上，越過漂亮的山門和紅牆，遊客就可以登高懷古了。據說當年高八丈、臺上有一百多間房屋，登臺可俯瞰全城。現在金鳳臺上的這些房屋已經蕩然無存。明朝中期以後，由於河流改道，河水帶來的泥沙更是把銅雀和冰井二台埋於地下。當年杜牧著詩「東風不與周郎便，銅雀春深鎖二喬」，現在看，銅雀高臺安在哉？站在金鳳台的台基上，真的覺得人生好短暫，不過，文化源遠流長，掠過身邊的風應該還和古時一樣吧？

有意思的是台下還存有一個曹操時代的轉軍洞，是鄴城通往城外的祕密通道，長約六公里。一旦有戰爭，可以調兵遣將，神出鬼沒。現在的轉軍洞殘存八十多米，保存下來很不容易，它仍然是曹操軍事天才的見證。

這讓我想起了中學校園裡的防空洞。那時面臨高考，每日又枯燥又緊張。不知是誰發現了那個隱蔽的入口，於是幾個同學魚貫而入，來了個秉燭遊。雖然出來的時候被老師堵住，在校長室檢討半天，但是當時的興奮、新鮮和激動，二十年後仍然記憶猶新。

說到保衛城池，廣府古城有個甕城，不能不提。看到它就想起成語「甕中捉鱉」。這是個城外城，兩道城門一關，就像個大甕，即可捉住來犯之敵，也可用於防洪。

據張士忠和李亞先生編著的《廣平府》一書，廣府是廣平府城的俗稱，也稱作永年古城，位於永年縣，「城四圍環水，碧波蕩漾，孤城島立，氣勢雄偉，曆為政治、經濟、軍事和文化中心，兵家必爭之地。明代陸泰的《記略》中有記載。

廣府又稱永年，曾經的地方父母官可是一位名人，毛遂。他的事蹟見司馬遷所著《史記・平原君虞卿列傳》。毛遂原是趙國平原君趙勝的下級門客，在秦國圍困趙都邯鄲後，自薦加入平原君的出使團，說服楚王合縱抗秦，救了趙國。這就是成語「毛遂自薦」的由來。他的封邑是曲梁，即現在廣府一帶。

毛遂走馬上任後，開始疏浚河道，治理水患，低窪地遍種稻米，農田種各種蔬菜和糧食，使當地百姓的生活大大改善。人們為紀念他，把他安葬在古城內，墓高三丈，至今其墓地都是平幹八景之一，名流千古。

廣府古城較為完整地保留了原貌，城牆和四處城門猶在。更奇特的是，它仍然服務著二十一世紀的廣府百姓，古城裡有幾千戶居民，集中了當地的小學和中學。站在城牆上觀看人們進出城門，遊客不免有種神奇的穿越感覺。在甕城，我注意到一位老伯，手扶著自行車把，正要穿過城門。這是他每日生活之地，我們這些遊客卻奉為神奇，手持相機四處留影。難怪他臉上露出略微疑惑的神情。不覺間，我們和他成為了彼此的風景。

不知老伯是否瞭解自己居住在一個福祉之城，因為廣府的歷史太悠久了。廣府古城和宣化古城為華北一帶僅存的兩處明代古城。

歷史有什麼用呢？我自問又自答。只覺得它具備了不起的神妙作用，能令人突然陷入沉默；令誇誇其談變得謙卑。時間，再也不抽象，而是結結實實、厚厚敦敦地矗立在面前。有感於此，不禁寫了小詩一首：

樹葉，優雅的舞者
當它換上金色舞裙
它就成了時間

花瓣也一樣
當它們不再手牽手
而是各自飄零
它們美麗的額上寫著時間

可是當我望向古城牆
那斑駁參差的傷痕
每一條磚縫中都藏著一千年
我該如何擔負

這份沉重的驕傲？

時間！

在澳大利亞墨爾本講授中文，我講到漢語是世界上唯一幾千年不間斷使用、並且仍然迸發青春活力的語言。每個漢字，每條成語都蘊含著故事。我想自己的表情一定很生動，如同一個英國人講起莎士比亞。

邯鄲就像一顆夜明珠。在浮躁的世界裡，它並不光彩奪目，然而若你靜下心來，睜開慧眼，便會被它悠遠深邃的光芒迷住。

鄴城博物館

寒川

原名呂紀葆，1950年出生於金門。前人民協會出版主任、現任新加坡錫山文藝中心名譽主席、新加坡武吉知馬海南聯誼會文學顧問、新加坡呂氏公會出版顧問、新加坡華中校友會編輯顧問、新加坡浯江公會文書、中國安徽省馬鞍山市歸國華僑聯合會海外顧問、臺灣金門縣政顧問、印尼華文作家協會海外顧問、印尼國際日報《東盟文藝》副刊統籌、印尼印華日報《東盟園地》副刊主編、印尼《印華詩刊》與《印華文友》顧問、印尼中華藝術書畫協會海外顧問等職。

已出版《樹的氣候》、《銀河系列》、《金門系列》、《雲樹山水間》、《文學回原鄉》等著作二十種。另主編《華實串串》、《華崗依舊》、《新加坡金門籍寫作人作品選》和《錫山腳下》等七種。

邯鄲組詩十首

今年五月，受邀參加「世界華文作家交流協會」與「邯鄲市旅遊局」聯合主辦的邯鄲采風錄，遍遊該地多個歷史文化景區，歸來乃作詩十首，記下此次旅程的體驗與感悟……

夢悟黃粱

不能不承認
蓬萊仙境
想見的只有呂洞賓
八仙過海
早已熟悉不過的神話
卻驚訝於乾隆的御筆
不如仙筆

或許不用毛筆
不用墨
一把筲帚沾上菜湯
也能飄逸揮灑
於是「蓬萊仙境蓬萊客
　萬世儒風萬世詩」
澤沛蒼生
終於夢睡，一生匆匆而過
竟是一場
黃粱夢

今夜，三杯黃酒下肚後
應該有夢
夢在邯鄲

2016年7月6日

媧皇宮

女媧補天
傳說中的故事就在眼前
走進補天廣場
走近華夏祖廟
女禍摶土，煉石補天

或許，那塊北齊的摩崖石刻
已能告訴你這座祖廟有多早
女媧，有多久

導覽圖告訴我們的
許多亭、許多宮、許多台
其實都去不了
但見山，卻不見水
補天湖讓我緣慳一面
念念不忘朋友說的
黃昏泛舟湖上
再浪漫不過了
而那兒的水杉林
好美

浪漫也罷，美也罷
如果還有機會重遊
那一頓晚餐
我最喜歡的
驢肉香腸
一定再點
吃多
幾口

2016年7月8日

京娘湖

且不論是否千古謊言
就愛聽那一首歌
行俠仗義
這才是開國元勳趙太祖本色
至於「黃袍加身」
純屬政治手段。陳橋兵變
也絕非「千里送京娘」的
悽怨與美麗

而今，帝王情史

就在出山的李增書身上
綠水丹崖
卻讓我癡迷
迫不及待地滑索
企圖瞬間一覽眾山小
橫渡京娘湖

最美麗的或許是
走出大山創業的故事
三十年，京娘湖十八景
如此一年又一年
在太行山東部
漂亮崛起

2016年7月14日

七步溝

七步便一溝
殊不知七步蓮花
每一步都是佛的腳印
只是偌大的古佛地
南蠻匆匆而來
還帶著筆
寫生

最愜意的莫過於繞湖一匝
登上湖中樓頂
眼簾下是天鏡
便再也不需要
望天
問天
畢竟心如明鏡
何來煩惱
便只有怨天了

沿著兩旁盡是
羅漢的雕像
既登上了白雲禪寺
爬上了迂迴的山崖
當年的南方僧人不在
而今，在此修行的尼姑
以一身超脫
雙手合十
迎我

2016年7月16日

北響堂石窟

在山腰，石窟群
聞說有佛像四千多尊
拾級而上
記不起多少個石階
身後是作家們的身影
還有隱約傳來的
鏗鏘回聲

龍門、雲崗石窟沒見過
智慧北齊王朝的佛像藝術
讓我不得不讚歎
這就是鬼斧神工

總感覺不尊不敬
在神像前留影
返身，雙手合十
還沒說抱歉
卻發現，那一尊神像
微笑看我
不惱不怒

2016年7月22日

武靈叢台

也許梁啟超沒說錯
儘管高估了武靈王
但征服北疆
甚至中山國
也夠讓趙
在七雄中傲然睥睨
直追秦

三十年功績
斷不是胡服騎射如此簡單
如今站在武靈叢台
環視大地

當年閱兵賞舞的豪邁氣派
不就像今天
在天安門？

「傳閱宮苑是蓬萊
　叢台高聳雲霄外」
想著古人如此贊誦
我卻只能在「據謝亭」一隅
看著落日餘暉
長長
遠
去

2016年7月24日

大名府

車子走進大名府
鄧麗君的「小城故事」倏地響起
原來，這裡有「筠館」
鄧小姐的美妙歌聲
縈繞在館內的每一寸空間
而她，活著時始終不曾有機會
回家。因她而鼎鼎大名的
祖籍地

春秋戰國以還
二次國都、七次陪都
也夠大名鼎鼎了
遑論「水滸傳」名著裡
筆尖下處處是
大名府

最令我嘖嘖稱奇的
無非是劉遵憲花園旁的
臥龍古槐
紅綢滿身
據說是
宋代便流傳下來的古樹
引來香火不斷
焚香
千里

2016年8月3日

館陶糧畫小鎮

一艘玉米裝飾的小船
揚帆處是「海增糧藝」
遠處是山
頂上一面紅旗
驕傲地飄揚

（原來，這裡是中國十大美麗鄉村）

誰能相信，糧食也能作畫
這五穀雜糧和草籽
一番防腐處理
從人物到風景

拼貼成圖
於是成為糧畫
罕見的藝術品

小鎮村子裡的抗日英雄事蹟
增加了美麗鄉村的魅力
而那年康熙南巡
館陶黃瓜
讓吃膩了山珍海味的皇帝
直說鮮嫩清爽
名不虛傳

我們卻沒有如此幸運
或許不是餐飲時刻
只好趕著大巴士
暮色中回到現代賓館
吃著珍饈佳餚
卻找不到
館陶來的
黃瓜

2016年8月5日

廣府古城

走在弘濟橋上
發現小立獅形石柱旁
以滏陽河為背景
或是廣府古城牆
都是很美的
畫景

步上城牆
這兒還是太極聖城
聞說一代宗師楊露禪
還有武禹襄
便曾在城垣上
以行雲流水式的太極拳路
讓古城展現風采

二千多年過去了
古城這幅江南水墨畫
岸邊不時有人舒展太極
楊氏也罷
武式也罷
在這一塊旱地水城

輕輕舞起
一劍的翠綠

2016年8月7日

甘露寺

踏入古剎，驀然驚覺
腳步下的足跡竟然如此重疊
有一部分嬌柔纖細的
那是南陽公主妙招善
隱居修行。在此
懺悔父王的暴政

桌上橫放著的是般若波羅蜜多心經
世界和諧
　　從心開始
與人和諧
　　從我開始
如此鮮明

走過古典式的長廊
山水畫中我尋找
一些禪語、幾聲梵音
偶爾抬頭

祥龍歡騰

釋迦摩尼

正坐在蓮花寶座上

莊嚴地看著

遠方

2016年8月10日

林錦

林錦，原名林文錦，華中師範大學文學博士。新加坡作家協會受邀理事，錫山文藝中心理事，新加坡五月詩社會員。曾主編《文學》、《錫山文藝》，編輯《微型小說季刊》等。

林錦作品以微型小說、散文為主，也寫詩、散文詩、文學評論。已出版著作有散文集《雞蛋花下》、《鄉間小路》，微型小說集《我不要勝利》、《春是用眼睛看的》、《搭車傳奇》、《零蛋老師》，學術論著《戰前五年新馬文學理論研究》。《林錦文集》被列為「東南亞華文文學大系新加坡卷」叢書之一。曾獲新加坡「羅步歌散文創作賽」首獎、世界華文微型小說雙年獎（2012-2013）三等獎、「蓮花杯第三屆世界華文詩歌大獎賽」（2015）銅獎。

夢裡的邯鄲

求學時讀中國歷史地理文化，接觸了許許多多的人名地名，邯鄲是其中一個地名。中國許多地方的名稱，隨著時代的變遷而改變。邯鄲卻一直流傳下來，一直保存著，數千年不變。邯鄲這兩個字就是地名，沒有其他意思。我年輕時想像力比較豐富，根據讀音，就把邯鄲想像為「含丹」，含在口裡的丹珠，龍珠。中國是龍的故鄉，龍是神話裡的瑞獸，象徵中國。龍含著龍珠，就像邯鄲於中國，是顆閃亮耀眼的珠子。

知識漸長，知道邯鄲歷史悠久，文化底蘊深厚，孕育了許多精彩的成語典故。而我對邯鄲印象進一步加深，是由於認識了一位邯鄲朋友。那是1994年，新加坡主辦第一屆世界華文微型小說研討會，中國來了幾位微型小說作家，其中一位來自邯鄲，他就是張記書。他人好，忠厚老實得不像話。我就想，邯鄲的確是個好地方。二十多年來，我和記書的聯繫斷斷續續，記書說他的寶貝女兒張可，從小喜歡讀我的微型小說。記書老老實實抓筆桿，就是不信電腦的鍵盤，所以後期跟他聯繫，就通過張可。我講這些，是因為和邯鄲有關係。怎麼沒有關係呢？今年五月能來邯鄲，就靠記書父女幫忙向祕書長爭取的。

我終於來了，邯鄲。

出發之前，到網上看資料，看到有一處說邯鄲是中國霧霾最嚴重的地方。我對邯鄲的印象開始模糊了，像霧裡看花。來到邯鄲，眼前一亮，藍天白雲，一點也不朦朧。翻著邯鄲市旅遊局印發的旅程冊子，一切的美都在裡面了。一周的行程，排得密密實實。那輛冷氣大巴，就順著車裡的訪客的意，在路上幾小時幾小時地奔馳，每到一個目的地，它就耐心地停在那兒等候，等大夥兒張大眼睛，張大照相機的嘴巴，把邯鄲美麗的山河都吃進去。

我們采風的起點是臨漳鄴城遺址和博物館。14日早上到呂仙祠，在綿綿細雨中的花傘下做黃粱夢。然後到涉縣一二九師司令部舊址，看了當年艱苦抗日的舊物和人民捨身殺敵的老照片，夢立刻驚醒了。下午進了媧皇宮，大夥兒被連綿的雨困住，上不了山，便在山腳下女媧塑像周圍觀景。隔天匆匆赴武安京娘湖，想像趙匡胤千里送京娘的愛情故事，好一個「情湖愛島」。然後前往也是山山水水的七步溝，接下來去了北響堂寺石窟、磁州窯富田遺址和武靈叢台，它們歷經千年歲月洗禮，依然壯觀。跟著去大名參觀也是歷經滄桑的歷史古跡明城牆，石刻博物館正在維修改造，不能去。下午去了館陶糧畫小鎮，沒能去石刻博物館的遺憾便一掃而空。《陶山》雜誌主編散文家牛蘭學親自陪同，帶我們到這個用糧畫裝飾得美輪美奐的「中國十大最美鄉村」。集古城、水城、太極城於一體的廣府古城，是行程冊子中的最後一站，我們興致勃勃地坐船在蘆葦裡穿梭，登上高高的古城遠眺祖國的山河。

張可特地安排的參訪甘露寺活動結束後，大夥兒匆匆趕去廣府會館用午餐，旅遊局苑清民局長開會去了，由副局長陳軍老遠趕來送行，看著大家依依不捨地直奔鄭州。

我也告別了夢裡的邯鄲，邯鄲的情，邯鄲的景。

2016年8月31日

左起：周永新、婉冰、林錦和心水合攝弘濟橋

漫步糧畫小鎮的童話世界

小鎮是個吸引力磁場

住慣大城市的人，喜歡到古鎮和小鎮看看。邯鄲是歷史文化古都，有許多古鎮。我們這次去參觀的是古老的館陶縣內的糧畫小鎮。

5月17日，大家在大名賓館用了豐富的午餐，便匆匆出發了。大巴在路上平穩地行駛，不急不徐。我坐在車裡很舒服，有種車子最好不要停下來一直往前走的感覺。晌午，豔陽高照，寬敞平坦的道路兩旁的風景線顯得格外亮麗和生機勃勃。帥哥倪洋用一把悅耳的嗓音，扼要地介紹了我們要前往的館陶縣壽東村。他也許要保留一些糧畫小鎮的神祕感，讓我們親自去探索，不多說一些無關緊要的應酬話。

我看著沿途的風光景色，晴空朗朗，回想著今早參觀天主大教堂興化寺。領我們進去教堂參觀的那位中年修女非常非常嚴肅，除了認真介紹教堂的歷史，她不斷地強調在教堂內要遵守的規矩。走出教堂，我的思想在邯鄲晴朗的藍天自由飛翔，想到就快到美麗的糧畫小鎮，我的心更貼近邯鄲這片美麗的神州大地。

館陶縣有個糧畫小鎮

到邯鄲之前，我已收到行程安排。行程表上列了許多景點，都很吸引人，其中館陶糧縣畫小鎮最吸睛。出發之前，我利用一點時間做了功課，上網瞭解館陶縣。

我雖然有點累了，但還是翻看著帶來的複印資料。

「館陶，邯鄲東部一個典型的平原縣，不臨山，不靠水，沒古跡，在沒有任何旅遊資源的情況下，卻別出心裁，從美麗鄉村建設入手，建成了數個特色小鎮，成為城市居民趨之若鶩、爭相遊覽的度假休閒去處。」

沒有山山水水，沒有歷史古跡，而能讓遊人「趨之若鶩、爭相遊覽」的景點，不是一個充滿創意的童話世界麼？館陶縣有許多小鎮，鵲橋小鎮、黃瓜小鎮、羊洋花木小鎮、雜糧小鎮、糧畫小鎮等等。旅遊局只安排我們去參觀糧畫小鎮，因為它是館陶縣最美麗的小鎮，被評選為2015年中國十大最美麗的鄉村之一。

我感到好奇的是糧畫。什麼畫我都知道，就是沒聽說過糧畫。上網一查，原來糧畫就是以糧食為材料的畫作。

「糧食畫是古老的中華絕技，有著悠久的歷史。館陶糧食畫相傳在清朝末年開始興起創作，是民間文化的重要組成部分。糧食畫是以各類植物種子和五穀雜糧為本體，利用糧食原色，吸取國畫、浮雕、裝飾等傳統工藝的精髓，通過粘、貼、拼、雕等手段，利用其他附料粘貼而成的山水、人物、花鳥、卡通、抽象圖畫，既具有北方的粗獷、豪放，更具有南方的細膩、清雅，氣勢雄偉，精湛絕倫，是原生態和純綠色的藝術品。」

看了介紹文字，你知道什麼是糧畫了吧？是不是很特別，很童話？

海增糧畫體驗吧

奔馳了約一個小時的車程，糧畫小鎮終於映入眼簾。邯鄲作協牛蘭學副主席和村第一書記劉振國先生熱烈歡迎心水祕書長和一群來自世界各地的客人。

景區入口處，一對數米高的褐色糧倉造型分列兩旁，用千根秸稈紮成的圓筒形，從上端垂下一大圈特大的麥穗。這是糧食啊，展示著糧畫小鎮的主題。廣場正中央，是一隻帆船。近看，帆船竟是由無數根玉米棒子製成的。風帆上掛著四個大字「海增糧藝」，應該是糧畫家張海增的傑作了。

往前走，左側是一座灰牆腳白牆壁灰瓦的建築物，是「海增糧畫體驗吧」。我們掀開遮住窄門的竹簾魚貫而入。環視，一面牆上安裝了一個非常精緻的工藝架子，高低錯落地擺了數十形狀各異的瓶瓶罐罐，玻璃瓶內的種子和五穀雜糧，黑白紅黃綠。講解員說瓶子裡五穀雜糧和種子草籽呈現的都是原色，都經過複雜的防蟲防腐加工，是糧畫的主要材料。牆上掛的糧畫，自然山水、花鳥蟲魚、古今人物、民居街景、古鎮風情，什麼樣的題材都能入畫，包括毛主席和習主席的畫像，都惟妙惟肖，栩栩如生。以糧料製作的八個大字「以糧作畫精藝創新」，說明糧畫需要以精巧的藝術手法完成，非一般以筆作畫。上面說過，糧畫通過粘、拼貼、雕等技術，利用其他輔料製作而成。這些畫以國畫、浮雕的風格呈現。站在遠處看，跟一般畫作無意，近距離觀賞，仔細端詳，黑芝麻勾勒，黍子填實，草籽點睛，全是由粒粒皆辛苦的種子雜糧草籽粘制而成，呈現很強的立體感和光感。當你閉上眼睛，似乎聞到五穀的香味，聽到風吹草葉的聲音。

房子牆上的壁画

走出糧畫體驗吧，溫煦的陽光讓人歡暢。主人領我們到遊客中心。中心很新很寬敞，乾淨明亮。裡頭有接待室、產品展臺。我們進去時，正在播放介紹小鎮的微電影，唱著「我在小鎮等著你」的歌曲。我們在歌聲中欣賞著許多精美的圖文，介紹館陶的各小鎮，如李沿村羊洋花木小鎮、郭辛莊雜糧小鎮等等。除了糧畫，展臺上展示著許多葫蘆的雕繪作品、秸稈畫和黑陶。

糧畫小鎮保留了土坯房時期的村容。在驕陽下倘佯在小鎮上，我發現房子的牆腳地上都是低矮的花草，樹木都不高，葉片稀疏，應該是從別處移植來的。從小鎮的新，從小鎮的整齊乾淨，沒有果皮紙屑，甚至沒有落葉，可以看出那是由原有的村子經過周詳規劃建設而成。經過整修的古樸老房子，牆壁幾乎都漆上白色。牆上鑲嵌了許多各式各樣題材的精美漫畫和糧畫。走在靜靜的巷子裡，看著滿牆的壁畫，我想起去年11月遊覽馬來西亞檳城壁畫街的情景。那裡的壁畫街在市區，馬路不寬，摩托車、汽車川流不息。人潮滾滾，許多遊客搶著拍照，遮擋了牆上的藝術，不讓你盡情觀賞壁畫。檳城壁畫的特色是以實物構成漫畫的一部分，如一幅名聞遐邇的腳踏車壁畫，在畫上鑲嵌了部分腳踏車的構件，畫與實物融為一體。遊客可以倚在畫作上，抓住手把，作狀騎腳踏車，擺各種姿勢入鏡，其樂無窮。相對來說，糧畫小鎮的壁畫意境比較深遠，適合靜靜地觀賞，完全融入小鎮似真似幻的童話世界。

村史館、老房子和藝術品

講解員領著我們左彎右拐，我們漫步在小鎮上，幾乎看不到行人。除了我們一群，沒有其他遊人。可能不是週末吧。除了民宅，我們看到許多有特色的房子，茶館、陶吧、古韻葫蘆坊、蛋雕畫坊、殷氏陶藝店等等。「七〇記憶主題餐廳」的名字很標新，「糧畫農家餐廳」，土牆、草頂、木門，就像一個舊式農家。路過「天成閣」，那是一家麥秸畫創作室，我們沒有進去參觀。我們倒看到了一幢百年老民房，牆壁底部是磚，上部是土，土磚上的隙縫長了一些雜草，透露了一些滄桑。這棟百年老屋經歷了近代戰火和大洪水的摧殘，還堅挺地屹立著，這是壽東村保留的歷史遺跡。

接著，我們到村史館參觀。館的面積不大，展出了一些農具、紡車。牆上掛了一些壽東村演變的文字和圖片，講解員和牛蘭學主席親切地介紹了壽東村的由來。這個與世無爭的南彥寺村，曾經在1943年被五百多名日偽軍掃蕩，張壽山為保護村民而壯烈犧牲。為了紀念他，南彥寺村後來改名為壽山寺村，也就是現在的壽東村。當年侵略者屠殺擄掠姦淫的暴行，居然也發生在這麼一個和平寧靜的村子裡，可以想像，神州大地曾經承受了多大傷天害理的蹂躪。

糧畫小鎮的另一特色，是街頭巷尾突然出現的一些藝術品，在沒有心理準備時讓人驚喜。一尊雕塑，把十幾扇過去村民用的舊磨盤不規則地疊放在一起，彎曲弧度適中的造型，輻射著村民的勞動精神。用糧藝塑造的有城堡模型和巨大葫蘆，全是用玉米棒子組合而成。城堡有朱紅的大門，有城牆垛口。城堡前還設有休閒木椅，猶如公園一角。大葫蘆掛著福祿壽三個大字，三個娃娃在葫蘆下嬉戲，譜寫著淳樸的農家樂。最受歡迎的是老轆轤水井，一口老井，裝上走進歷史的轆轤，背後的一垛矮牆，漆上白色，上書紅色大字「老井故事」，非常搶眼。女士小姐們都不放過機會和老井合影，把自己寫進小鎮的老井故事裡。

作家盡情揮毫作畫

我們接著拜訪「世界手工畫展室」。入口處是兩邊民宅的一條小巷，用木撐起的一塊橫匾寫著古樸的「世界手工畫展歡迎您」。入內，展室相當大，寬敞明亮。三面白牆上掛了幾十幅畫作，有兩個畫家在大長桌上畫畫，來訪的幾位作家看了技癢，躍躍欲試。在牛主席邀請下，荷蘭池蓮子揮毫，寫了「糧畫藝術揚世界」，馬來西亞朵拉、德國譚綠屏、澳洲莊雨同時畫畫。牛蘭學站在她們旁邊，聚精會神地觀賞她們展示才藝。朵拉和譚綠屏是畫家，莊雨學畫一年。三人不謀而合，全畫了蓮花。畫完了，書畫家與自己的作品合影留念，都露出滿足的微笑。我想，我們來糧畫小鎮，如果能用糧食作畫更切題。但用糧食作畫，需要專門的技藝，同時，作糧畫非常耗時，不可能在短短的半小時內完成佳作。

糧畫小鎮還有許多設施，如文體廣場、竹池運動場、鄉村文化站、農家書屋等等，由於時間關係，我們沒有機會去參觀。希望以後有機會再來這個美麗的小鎮，盡情遊覽。

綠化胡同裡的美麗鄉村之歌

離開小鎮之前，導遊帶我們走進糧畫小鎮的綠化胡同。幾條小鎮胡同都搭了亭架，亭架兩側種了紫藤、葫蘆、葡萄等植物。這些攀爬類植物纏繞著亭架的柱子往上生長，匍匐在亭架的頂端，成了天然的遮蔭屏。小鎮精心建設了紫藤長廊、葫蘆長廊和葡萄長廊。我們在爬滿藤蔓的亭架下漫步，感受自然的詩意，別有一番情趣。

這次到糧畫小鎮，另一個收穫是認識了《陶山》雜誌主編牛蘭學主席。我一路來注意散文創作理論，臺灣主要研究散文的學者是鄭明俐教授，中國研究現當代散文的學者是林非先生。為表揚林非對散文研究的貢獻而設立了林非散文獎，牛蘭學以《禦河，1943》榮獲2015年首屆林非散文獎。他之前也榮獲了第六屆冰心散文獎，是著名的散文家。他編著的《美麗鄉村之歌》，收集了多篇描寫館陶特色小鎮的散文。我這次寫這篇小文，他也熱心地提供了許多資料。

傍晚時分，我們走出來童話世界，告別了糧畫小鎮，告別了最美麗的壽東村。明天下午，我們便得留下不舍，離開邯鄲，坐車到鄭州機場回國。什麼時候再來糧畫小鎮？再見童話世界？等那麼一天吧。我的答案。

2016年8月29日

王學忠

詩人，中國作家協會，出版詩集《未穿衣裳的年華》《挑戰命運》《我知道風兒朝哪個方向吹》等十二部，其中三部為中英文對照。《人民日報》《文藝報》《文學評論》《詩刊》《文藝理論與批評》等百餘家國內外報刊，發表對其詩歌的評論三百多篇，結集出版《王學忠詩歌現象評論集》《王學忠詩歌研究論稿》和《詩人王學忠評傳》等七部。

流連忘返京娘湖

青少年時代的我就喜歡讀書，印象最深的是施耐庵的《水滸傳》，裡邊幾個栩栩如生的人物：魯智深、武松、李逵、劉唐……「殺到東京，奪了鳥位！」真個是大丈夫氣概，字字像鐵錘砸在心上，覺得有勁兒！後來愛上了文學，毛澤東在看了新編歷史劇《逼上梁山》後，寫給編劇楊紹萱、齊燕銘信中的一段話：「歷史是人民創造的，但在舊戲舞臺上（在一切離開人民的舊戲舞臺上），人民卻成了渣滓，由老爺太太少爺小姐們統治著舞臺，這種歷史的顛倒，現在由你們又顛倒過來，恢復了歷史的面目。」成了我的閱讀指南。天長日久，漸漸養成了一種習慣，對那些被許多人頂禮膜拜的帝王將相、才子佳人竟不屑一顧，什麼天皇老子，聖人、聖賢，進了澡堂子統統一個樣。記得我還寫了一首題為《接生婆》的詩表達此觀點：「什麼天才、地才／連皇帝老子／從裡邊出來時／也都一個樣」。

伴隨這種思想觀念，一路走來，不跟風、不逐流。社會上自古流行一種影響甚廣的「血統論」：「世胄躡高位，英俊沉下僚」、「上品無寒門，下品無世族」，以及「龍生龍、鳳生鳳，老鼠生來會打洞」等等，我則不以為然，對陳勝說的那句「王侯將相甯有種乎？」，倒頗為讚賞。有句話叫「思想決定行為」，由此，對那些用奴顏卑躬歌德帝王將相、才子佳人的書籍、電影、電視，我採取的態度是「剃頭的關門——不理」。

「改開」以來，「一切向錢看」的理論影響了意思形態領域，也敗壞了社會風氣。許多旅遊景點紛紛打出了帝王將相、才子佳人牌，紛紛推出「皇陵」、「廟宇」、「聖人祠堂」、、「名人宅院」等項目，有的地方找不到與皇親國戚的直接關係，便尋足跡、覓線索，甚至杜撰出什麼「某某妃子閨房」「某某姨太太故居」等，其奴態、媚骨讓人噁心。說實話，剛到京娘湖時，我曾這樣想：這京娘肯定也是千千萬萬平民女子中的一個，由於長得貌美，經過各級政府層層選拔，最後脫穎而出，做了皇帝的妃子，「一朝選在君王側」，從此，便終生「樽罍溢九醞，水陸羅八珍」了，尤其借龍種的靈光而流芳百世了。可以說，起初我對京娘湖是從心裡上排斥的。

然而，當聽了導遊小姐介紹京娘湖來歷時，我先前的觀點竟一下子改變了，徒然生出一種敬佩。她說：「京娘是山西永濟人，十七歲那年的一天，隨父到河北曲陽燒香還願，路上被一夥兒強盜劫持，巧遇洛陽青年趙匡胤訪友經過，於是拔刀相助，趕走了強盜，青年趙匡胤為防止京娘父女路上再遭不測，便一路護送。青年的行為深深感動了京娘，為報答他的相救之恩，願以身相許。誰知那青年卻拒絕了京娘，說：『我救你，是路見不平拔刀相助，絕無絲毫私念。若想的是佔有你，與那強盜又有何不同。』說罷，揚鞭催馬徑直而去。京娘望著趙匡胤漸漸遠去的背影，長歎一聲：『恩兄高見，妾今生不能報你大恩大德，死容銜環結草。』說罷，便投湖自盡了。許多年後，趙匡胤做了皇帝，聞說此事，十分感動。便追封京娘為貞義夫人。」聽罷京娘的故事，我在埋怨京娘不該太過於癡情，報恩的方法有許多種，為何一定要「以身相許」，尤其不該在遭對方拒絕時，竟荒唐到「死容銜環結草」。不過，對那個見義勇為的青年趙匡胤卻充滿讚賞和崇敬。覺得現在的當地政府和旅遊部門，應再加大些力度，對青年趙匡胤「路見不平拔刀相助」見義勇為的事蹟的宣傳，使京娘湖景區成為一所對青少年進行社會主義德育教育基地。

由見義勇為，我又想起當下惡劣的社會風氣，想起一些學術精英的奇談怪論，說什麼「『毫不利己專門利人』是絕無僅有的，是騙人。」「雷鋒是政治家編造出來的政治托兒，真實的雷鋒是大腦炎後遺症病人。」甚至高調宣揚「人不為己天誅地滅」沒落資產階級人生觀。主流媒體錯誤的輿論導向，致使大街上老人摔倒在地無人扶起；商城、公車裡小偷肆意行竊無人制止；數百人瞅著垂死掙扎的溺水者無動於衷、袖手旁觀。於是，我在想：如果我們的政府部門、社會團體多組織幾次京娘湖旅遊，聽一聽「趙匡胤千里送京娘的故事」，惡劣的社會風氣一定會得到改觀。

京娘湖動人故事，摘掉了我的有色眼鏡，剎那間覺得京娘湖很美，不但有美麗的自然景致，更有美麗的動人故事。京娘湖離邯鄲市六十公里，在太行山脈腹地，由東西兩條支流匯聚而成，湖面呈倒「人」字狀，蜿蜒十五公里，水面面積兩千七百畝，有小三峽之稱。兩岸峭壁懸崖、氣魄雄偉、千姿百態、栩栩如生，遊覽時再帶上那些美麗動人的故事，心曠神怡的心境一定會再增添許多趣味和神祕。

熱情好客的景區總經理李增書，不但自始自終陪同我們遊覽，還親自擔任講解員。每到一處，他都會用帶著濃重地方口音的「普通話」給我們介紹景點的起源、今昔。由於下午我們還要去附近另一個景點七步溝，便只遊覽了京娘湖景區的陸上部分「貞義島」，懷著興致未盡返回京娘湖賓館，路上，我們一邊欣賞遮天蔽日的各種珍貴樹木、高山流水、鳥語花香，一邊聽李增書總經理講京娘湖發展規劃。他說：「景區將以人文景觀『情湖島』、『趙匡胤千里送京娘』為文化主題，與『貞義島』生態自然景觀結合在一起，形成十一個遊覽區、及生態自然保護區和休閒區。希望你們回去後，多多宣傳京娘湖，讓世界知道京娘湖，讓京娘湖走向世界。」

五月驕陽紅勝火，然而當火紅的太陽透過濃密的綠樹林，灑在人民身上、臉上時，野性已無影無蹤，變得溫順、溫柔了。我們一行十六人中年齡最大的是來自美國亞利桑那州的周永新，和這次采風團團長世界華文作家交流會祕書長來自澳大利亞的黃心水，他們皆已年近耄耋，仍一個個興致勃勃，勁頭十足。行走在蜿蜒幽靜的環島路上，回望碧波浩淼的京娘湖，東側老虎洞、一線天、神龜探海、雙虹映月……西側宋祖峽、京娘峽、滴翠潭、梳粧檯……歷歷在目，讓人流連忘返。李增書總經理說：「由於時間關係，你們今天看到的京娘湖只是其冰山一角，要真正認識她、瞭解她，就要與她做朋友，與她朝夕相處住上一些日子。」他接著又說：「下一次吧，希望在今年的秋季，或明年隨便哪個季節，還是咱們這些人京娘湖再相會！」儘管我知道，「還是咱們這些人京娘湖再相會！」是不可能的，但我仍然希望會有那麼一天，與京娘湖朝夕相處住上一些日子。

心儀甘露寺

在認識甘露寺之前，我是先認識張可的，她是邯鄲作家張記書的女兒。記得一年前的2015年4月10日，我與張記書乘火車去廈門參加「世界華文作家」的一個交流活動，他對我談了女兒張可的情況，說張可也喜歡寫作，文筆很好，他的一些曾產生過較好影響的作品，都是經女兒潤色的，不久前一篇八百字的小小說，經女兒潤色成了四百字。他還說女兒張可近年來皈依了佛門，在一家寺院網站做編輯。

直接與張可交流、通信是今年春節之後的事，她作為這次「世界華文作家看邯鄲」活動的主要牽線搭橋人，活動前的一些通知、資料是她通過電郵發給我的，後來我們還加了微信。尤其讀了她微信裡的一些文章，引起我強烈的共鳴和同感。有篇文章寫了這樣一段：「每次夢醒，在淩晨三點半到四點的時候，都會聽到遠處傳來一陣陣非常痛苦的嚎叫聲，那是豬的嚎叫，一聲又一聲，這痛苦的嚎叫，讓我感到非常的不安和難受。」接著又寫道：「生命是平等的，我們不應該因為是人類就可以任意妄為，肆意屠殺別的生命以滿足自己的口腹之欲……」她的微信裡還有另外一些文章〈當人肉被動物從超市買回來〉、〈口腹之欲，為何要以生命買單〉、〈放生記〉等等。讀她的文章，讓我想起自己曾經寫過的一些詩歌：「店小二閃閃的尖刀／宰殺了荷塘的樂曲／梅花鹿漂亮的絨毛上／沾著幾滴野山羊的血腥掛在牆上／／大自然的血／在醉醺醺的劃拳聲裡流／劈劈啪啪的算盤珠子裡淌」（《野味餐館》）「威武的啼鳴／已隨漂亮的羽毛不見了／赤條條倒掛在鐵鉤上／脖頸上的血／滴答滴答流著……／／它倒下了／不知是真死還是詐死／從那雙半睜半閉的眸子裡／看得出它已明白了『弱肉強食』／和『幸福是建立在他人痛苦之上』的道理」（《菜市上的雞》）。從她發在微信裡的一些文章，我還瞭解了她所皈依的寺院甘露寺今昔。

2016年5月12日，「世界華文作家看邯鄲」采風活動如期而至，我到達邯鄲的第一天就見到了張可，她第一眼便認出了我（微信裡有照片），初次相見的印象是：熱情、謙虛，文靜、樸實，知識豐富卻藏而不露。由於網上已多次交流，不再陌生，便直截了當向她說出我對佛教因果關係的不解和疑問。我說，佛教不是講因果報應嗎？為什麼現實中一些奸詐卑鄙的人，卻沒有遭到報應，而有些老實本分的人常常厄運連連？她說「《百業經》中寫了這樣一段：『一切善惡業是不會成熟於地、水、火、風之上，只會成熟在自己的五蘊、十二處、十八界，每個人如今在身心環境上所感受的一切果報，都源於自己往昔的善惡上，並非神靈、強權或自然力等他法加諸於自己身上的，今日做的一切，也必將於今生、來世或者遙遠的來世，在自己的生理、心理，所處的環境上成熟它的果報。』用直白的話說，就是積德行善與作惡造孽，果報不一定發生在現在、今生，也許是來世、下一個來世。不是不報是時候未到。」張可的一段《百業經》，解開了我糾結於心上好久的疑慮。

與張可初次相見，我們談得很投機、無拘束。我欽佩她的抉擇，皈依佛門，將心靈安頓於那清淨的聖地。她說，這次「世界華文作家看邯鄲」采風活動的最後一站就是甘露寺，她的師傅究成法師將會在那裡迎接我們，給我們誦經說法。說實話，當下社會「熙熙攘攘，皆為利來利往」，有緣在遠離塵世喧囂、清淨的聖地聽法師誦經說法，是我一直以來的嚮往。張可還向我介紹了她是怎樣跟隨究成法師誦經、浴佛、拜懺、放生，而後皈依佛門，養慈悲之心的。

5月18日上午，我們一行十八人在參觀了廣府古城後，便驅車直奔甘露寺。甘露寺始建於北魏時期，有一千四百多年的歷史，幾經毀損、興衰，如今的甘露寺占地面積四萬五千平方米，天王殿、大雄寶殿、藏經樓等氣勢恢宏、金碧輝煌。一條寬闊、清澈的放生河從講經堂、禪堂、齋堂等門前流過，環繞於寺院中，給人一種清幽、清淨，遠離塵世之感。汽車在甘露寺山門外停下，究成法師率眾僧、居士列隊迎接我們，並向我們一行十八位世界華文作家一一敬獻哈達。當究成法師把一條黃色的哈達披戴在我的脖子上時，我近距離端詳了這位甘露寺的住持：鼻准圓、兩顴豐、頂骨滿、兩眼炯炯閃爍著慈愛的光芒。於是，我想起一位研究周易、精通相術的朋友對我說過的一段話：「人的長相三十歲之前靠父母，三十歲之後靠自己。凡存好心、行好事、助人為樂、積德好施的人，皆慈眉善目；反之，一些人的陰險、奸詐，嫉妒、憎惡也會反映在面相上。」

歡迎儀式結束後，究成法師陪同我們參觀了天王殿和大雄寶殿，並向殿內的諸佛像請安、禮拜，由於藏經樓正在維修，究成法師帶我們徑直去了講經堂。講經堂門前，是那條寬闊、清澈環繞寺院的放生河，陽光下，河水蕩漾、波光粼粼，魚兒在水中追逐；岸上，幾隻小貓在花叢中嬉戲，盡享天倫之樂。采風團團長黃心水的夫人婉冰女士，不僅是作家還是一位詩人，只見她抑制不住詩人的激動，對究成法師說：「這地方太好了，我想留下來，在這清幽、清淨的聖地做義工，與佛為伴、與詩為伴。」究成法師說：「熱烈歡迎您入住甘露寺，也真切地希望您們中的任何一位作家有機會再來。」他用手指了指右邊的一排房子說：「這些都是客房，希望您們都能再來，用手中的筆，拂去眾生心地上的垢塵，為世界祈禱安寧、和平和愛。」

走進講經堂，當究成法師向我們介紹甘露寺的歷史和現狀時，我的思想卻開了小差兒，打起自己的小算盤，幻想著真的有那麼一天，擺脫塵世的紛擾，讓心靈安頓在甘露寺這塊清淨的聖地，伴暮鼓晨鐘，與佛為伴、與詩為伴，以詩歌的形式寫浴佛、寫超度、寫放生、寫善待生命、寫愛……「度一切苦厄」。在心裡默默地吟誦一首《愛》的詩：「愛是和風／愛是真誠／每一縷絢麗的陽光／都燃燒著愛的永恆／愛月月圓、愛山山青／愛人人和、愛鳥鳥鳴／愛能融化仇恨／愛能摧毀冰峰／／……砸碎禁錮愛的枷鎖／擁抱男人、女人、老者、幼童／擁抱山、擁抱海／擁抱飛鳥、擁抱昆蟲／擁抱天下眾生」。當我們「世界華文作家看邯鄲」一行十八人，離開講經堂，告別熱情、博學的究成法師，告別甘露寺，就要乘車踏上歸途時，我才從幻夢中醒來。

張可

張可（女），1979年生。心理諮詢師，微篇作家，自由撰稿人，河北省作家協會會員，世界華文作家交流協會會員。

自高一起，在大陸及香港、臺灣乃至美國、加拿大、新加坡、泰國、馬來西亞、菲律賓、印尼等世界幾十家報刊發表作品計餘四十餘萬字。小說《進城》入選加拿大多倫多大學教材。多篇文章獲全國及國際獎。

出版著作《年輕的餃子》、《追夢》、《慧眼禪心》等三部。

四次參加國際性筆會，各發表論文。

2008年，有幸拜師心理健康及家庭教育專家游涵先生，跟隨學習心理學和佛學。自2014年起，親近河北永年縣廣府古城甘露寺住持究成法師。曾為邯鄲《大乘法音》雜誌副主編。

我與甘露寺的緣分

2013年歲末，因緣使然，讓我有幸皈依廣府古城甘露寺住持究成法師門下。

初見法師時，他正笑眯眯盤腿坐在凳椅上，面前的燒水壺開了，咕嘟咕嘟冒著水汽，法師嫻熟地沖茶、泡茶，還親自為圍坐在茶桌旁的居士們的茶碗裡添茶。居士們圍著法師，嘰嘰喳喳提出問題，法師一邊添茶一邊不急不緩地回答。看見我，讓添把凳子，然後和我拉起了家常。臨別時，法師說：「明年（2014年）4月25日，咱們甘露寺要舉行開光大典，你可要來做義工哦！」法師的邀請，讓我感到很親切，當即表示：「一定一定！」

甘露寺始建於北魏時期，初名為「百草寺」。據史書記載，隋煬帝之女南陽公主在此出家，法號「妙善」。隋煬帝知道後大怒，火燒百草寺，妙善比丘尼被當時建都於廣府城的起義軍首領竇建德護救，躲到河北西部的蒼岩山裡隱修，終成正果——化身觀世音菩薩。後多次回到這裡救助眾生，遍灑甘露。故後人重建時，改名「甘露寺」，以示觀世音菩薩在此救度一方。到明代時更名「蓮花庵」，後又改回「甘露寺」。民國時該寺毀於戰亂。

2014年初，恢復重建的甘露寺，法相莊嚴：天王殿、大雄寶殿、藏經樓飛簷畫壁，自山門由南至北，巍然坐落在中軸線上；素食館、清心閣溫泉中心、鐘鼓樓、客堂、講堂、僧舍、齋堂、禪堂、方丈院、安養院等分立東西，遙相呼應；古典園林式遊廊環抱微波輕泛的「靜心湖」；隨處的垂柳、月季、各種果樹，讓威嚴的寺廟平添了許多生趣與意境。

開光大典盛況空前，誠邀國內外大德高僧二十餘位，周邊道場護念法師百餘位，參會群眾兩萬餘人。

彼日早晨五時，天氣預報的中雨變為晴空，霞光萬丈佈滿東方。吉時已到，隨著莊嚴的「戒定真香」香贊腔起，大雄寶殿內梵音嘹亮、海會祥和；與此同時，感應法界十方，甘露寺上空驚現三個日出，祥龍、蓮花寶座、釋迦牟尼佛真身顯現，數萬人目睹天日奇觀。

午飯畢，諸山長老、領導代表、善男信女們帶著各自的祈願陸續離開。下午三時，雨從天而至。急風，攜卷著勁雨，將天與地，沖刷個明朗清晰。剛才還喧鬧與浮躁的廣場，片刻便安靜下來。

這是我第一次參加法會，也沐浴了「甘露法雨」，真真切切感受到佛法力量加持的不可思議——心的清淨與自在，讓我接下來很長一段時間裡，做事如虎添翼、事半功倍。

就這樣，我開始常去甘露寺，開始親近究成法師與寺廟常住。

究成法師，畢業於內蒙古師範大學，曾為老師。2003年，隨山東青島湛山寺方丈明哲長老修習天臺止觀法門，成為天臺宗第四十六代傳人。2008年，自法師住持甘露寺，主持恢復了寺廟宗風，消失半個多世紀的暮鼓晨鐘之梵音，又飄蕩在廣府古城上空。每日二時課誦、出坡勞作、安居學戒、消災超度、扶貧及放生等佛教活動，有序地進行著。

2014年5月的一天，開光後我第一次去甘露寺。忽聽「梆—梆—梆」召集大家上晚課的打板聲。究成法師和眾居士紛紛套上「海青」。我問法師，「我還要去嗎？我不會誦經，也不懂規矩。」法師說：「誰也不是先天就會的。今天就是你學習的開始啊！」早晚課，又叫「二時課誦」。甘露寺的早課在淩晨四點半開始，其用意是：一日之際在於晨，最清醒的時候讀誦經典，告誡自己，這一日要依照著經典中的教導去利益大眾；晚課在下午四點，用意是：一天就要結束了，對照經典，反思今日的所作所為。於是，我站在隊伍裡，觀察師父們與其他居士怎麼做，跟著大家照著「課本」唱誦。時間一長，潛移默化中，「功課」會唱了，我在待人接物方面有了很大提升。

甘露寺的法會很多，每逢佛菩薩聖誕日、出家日、成道日、佛教傳統節日，都有各種拜懺或誦經活動，也會傳授「三皈依」、「五戒」、「菩薩戒」。

每逢此時，法師先要給大家開示：

修行，就是修正自己身上的毛病和習氣。

佛教的全部精神就是：諸惡莫作、眾善奉行、自淨其意。

念佛，可不是嘴上念念，而是心要與佛法相應。

「懺悔」——「懺」是有過改之；「悔」是發心不犯。

「三皈依，即：皈依佛、法、僧「三寶」。「皈」是回頭，「依」是依靠。佛是「覺悟者」，代表「覺」；法是「正知正見」，代表「正」；僧是「清淨福田僧」，代表「淨」。所以，皈依三寶，不是讓我們皈依某位師父，而是讓我們發心依自性去修行，過正念的清淨生活。

為什麼要持菩薩戒？戒律是修行的基礎和規範，只有受持菩薩戒，才能按照戒律，真正意義上行菩薩道。

法師弘法不拘一格，除了傳統法會，還營造了優雅的學術氛圍，如：禪茶會、詩歌朗誦大會、書畫展、孝道文化傳播、攝影大賽、武術聯誼會、夏令營、有獎答題等。

記得2014年的大陸國慶，法師看著來來往往的遊客，喃喃自語，怎麼能讓大家跟佛更深地結緣呢？第二天，法師改造了一個抽獎箱，把連夜寫好的「佛教小常識問答題」放入箱內，並搬出一袋子佛珠手串，供答對題的遊客結緣用。此法得到了遊客一致的好評，答題者踴躍，特別是結緣了佛珠者，更是喜上眉梢。

寺廟的生活，看似簡單，無處不在修行。

譬如吃飯：中午十一時半，專門的僧值人員會敲響梆子。大家聽到打板聲，就到「五觀堂」去。「五觀堂」就是齋堂。為什麼起這麼個名字？佛教中，有個詞語叫「食時五觀」，即學道者吃飯時，要觀想五方面的事情：

一、計功多少，量彼來處：面對供養，要算算自己做了多少功德，並思量粒米維艱，來處不易。

二、忖己德行，全缺應供：藉著受食來反省自己，想想自己的德行受得起如此供養嗎？

三、防心離過，貪等為宗：謹防心念，遠離過失，對所受的食物，美味的不起貪念，中味的不起癡心，下等的不起瞋心。

四、**正事良藥，為療形枯**：將所受的食物，當作療養身心饑渴的良藥。

五、**為成道業，故受此食**：要藉假修真，不食容易飢餓，體衰多病，難成道業；但是如果貪多，也容易產生各種疾病。所以必須飲食適量才能資身修道。

吃一頓飯，要把它與佛法結合在一起，能如此，即使硬如鋼鐵的食物也能消化；反之，就是滴水也難以吸收。因此，佛門中過堂有一語：「五觀若明金易化，三心未了水難消。」

在甘露寺，有很多跟隨究成法師多年的老居士。她們能擔當起甘露寺各個崗位的職責。寫牌位時，她們拿得起筆；吃飯時，她們系上圍裙為大眾打飯。大家一定想不到，她們退休前的工作崗位是多麼風光。而在甘露寺的修行，讓他們放下「身段」，低調而謙和，就像成熟的穀穗，內斂中散發著圓融的芬芳。

當然，寺廟裡也有是非。面對是非，究成法師為大家開示：「外界的是非，無非是心靈的計較。我們要守住自己的心，莫求他人曾精進，但求向內解垢衣。」

在甘露寺做護法居士的兩年間，無時不被這裡清淨的共修環境滋養著，無時不被究成法師「潤物無聲」的教化所感動著。從對佛門戒律一無所知的門外漢，到持五戒、再到持菩薩戒，用菩薩的慈悲心去發願、做事，每一步的精進與成長都離不開法師的開示和提點，也離不開同修師兄們的鼓勵和共進。

是誰說過：「在上師身邊的日子是最快樂的。」一生能得遇善緣，得遇善知識，是最大的福報。而我的福報，與甘露寺有關。

2016年6月30日，寫於邯鄲。

寶寶王若禪和爸爸一起受三皈依，法號竟悟。

晨露

原名陳美仙，女。1954出生於馬來西亞砂羅越州詩巫拉讓江畔蘆岩坡。祖籍福州閩清十一都。現居砂羅越州美里市，退休教員，自由寫作者。為世界華文作家交流協會會員，東南亞華文詩人筆會理事，馬來西亞華人作家協會會員，美里筆會副祕書。曾獲砂羅越州民族文學獎，歷年為美里師範學院木麻黄文學獎評審，受邀出席亞細安文學營，亞華作家代表大會，世界華文微型小說研討會，東南亞華文詩人筆會大會等。著有散文集：《荒野裏的璀璨》（1999年）、《花樹如此多情》（2011）。新詩：《拉讓江，夢一般輕盈》（1993年）、《魚說》（2000年）《小詩磨坊》（馬華卷1，2009年）。雜文：《鑽油臺》（2001年）《筆會文集》（2011年）。

邯鄲采風初錄

有幸受邀參加世界華文作家交流協會邯鄲采風團之五月之旅。殷切期待。

五月十二日從馬來西亞首都吉隆坡飛中國鄭州，坐中國廈門航空，途經廈門逗留過境。早上八點的航班，預計下午四點到達。雖然單飛，但也覺得坦然輕鬆。

其實我的飛行是從五月十一日晚開始。從居住處砂羅越州美里市晚八點起飛，十點多到達亞航機場。之後坐電動車轉去馬航機場，在機場裡草草過了一夜，次日早晨廈航是在這裡起飛。

第一次坐廈航，看到親切溫柔的空姐，不禁觸動民族情結，格外貼心。入耳清朗鏗鏘的母語，手捧閱讀夏航刊物，舒適暖和，有一種回到家的錯覺。

到達鄭州時是傍晚六點。

班機從廈門延遲起飛是其一，其二是下機時領行李分國內國外兩處。有地勤服務員領隊走著，就她走得快，我走得慢，人又多，走著沒多遠就混亂一堆，我看不到她了，只能順著人群走，走錯了，我和另外一個年輕男生。驚動了另外一個地勤服務員，叫我們原地不動等著她聯絡人來領我們。這一等好久。

我走出機場時天色微暗，心慌慌，沒找到接機的人。距離班機到達時間都相差了一個小時多，這可肯定讓接機者焦慮不安了，也可能以為我大概沒來呢。我知道歡迎宴七點開始，當下好歹得自己想辦法到酒店去。其實酒店就在機場附近，我讓服務員看了名字和地址，他指劃看說就在對面街上，哪，走幾步，轉個彎，再走前去……反正我是個方向感白癡，他再怎樣詳細說，我也記不牢；就記住了，也一定左右前後混淆。謝謝了他之後我拖著行李走出機場，迎面微涼空氣，飽飽足足地吸了一口，精神一振，膽粗粗真打算走走看。

走幾步遇到一位婦人家，她一聲大姐叫住了我，問我要不要坐車？我不得不承認我對陌生人大有戒心，所以只笑笑搖頭。她笑著也還跟著我。忽然得了個主意。我讓她看我手裡拿著的小紙片，她大聲念出來：「凱芙酒店。」

「是。我要去這裡。」

「走路去在前面，就在前面。」

「你可以帶我走過去嗎？我不坐車。但我一樣付你錢。」不知道我為什麼會說出這樣矛盾的話。好像怕一上車就會被載去荒山野嶺。

她倒也不介意，說：「好，好，好。」

於是一起走。才走了這幾步，她說：「我拿車。」在我驚愕中，她靠近她的車子，一輛維史巴！

是的，我坐在後座，抓緊她，行李放她腳前踏板上，我們在馬路上車隊間奔馳，轉一轉，繞一繞，美麗的凱芙在眼前。我一眼看到甬道旁嫩黃的、粉紅的玫瑰，特大朵，又這麼多，超奢侈，我嚷：「看、玫瑰，太美了。」她回答：「大姐你喜歡？這裡到處都是吔！你天天都看得到。」

我們推門而入。世界華文作家看邯鄲接待組正在大廳裡，或站或坐，有男有女。我嘗試對著一個嬌滴滴的美人開口：「請問世界華文作家……」沒說完，美人音甜聲潤，問：「晨露？你是—晨露？」「是、我是晨露。」齊聲歡呼，熱烈擁抱，彼此說著等人接人接不到，焦慮、擔心，遲飛、走錯地方領行李，要走路過來，……才想起載我來的婦人，她也一直開心笑著一旁站著。趕忙謝謝她並付了她的酬費，送她出大門說了再見。

史少華處長、張可、倪洋、張昕，是第一天到達就見面了，在以後數天的相處，加深了彼此的認識。當下史處長讓我回客房，稍息後出席晚宴。送我上樓的是潔朴爽朗一如世姪女的張可，我但覺有一份說不出口的親切，結果交談中這才知道十年前我們見過面，她與父親張繼書來汶萊參加世界微型小說研討會。對照當年記憶中的小女孩與跟前落落大方的模樣，我不得不說：「張可，你長大了！」張可大笑，說：「我結婚了，有個兒子，當媽媽了。」鼓漲的幸福跟著她的聲音飛揚起來。

晚宴剛好圓一桌。

各國作家紛紛還在旅途中。我有幸與來自德國漢堡集作家畫家一身的譚綠屏老師住同一間房，我們二人一起下樓，到了吃飯的貴賓房一起坐下。我左邊依序是美國的周永新副祕書長，主方邯鄲張可，墨爾本沈志敏財務祕書，荷蘭池蓮子副祕書長，墨爾本倪立秋博士，墨爾本莊雨，馬來西亞朵拉副祕書長和德國漢堡譚綠屏老師。席間除了池蓮子與朵拉，其他各位都是初交，但畢竟筆耕一族無國籍，大家心靈相通，吃著說著，十分融洽，氣氛熱鬧有趣。說起養寵物種種，莊雨說養一隻雞寶貝得不得了，驕縱得到處走動，於是她不得不加以呼喝禁步，倒也奇，也聽得懂，叫停就停，不敢越雷池半步，她說來生動，眾人添油加醋，惹得轟笑迭起。

一夜好眠。十三日晨起七點早餐，眾人都到了，就王學忠張繼書和韓立軍，一會兒去邯鄲的路上會陸繼會合。祕書長心水和夫人兼中文祕書婉冰，一對神仙眷侶，新加坡的艾禺中文祕書，久聞其名初見真人，溫爾秀麗，新加坡詩人寒川和林錦博士，印尼袁霓副祕書長伉儷，都屬老友喜相逢。彼此問好敘話，喜洋洋樂陶陶。

八點我們眾人上了長巴，啟程赴安陽。在安陽由心水祕書長的堂弟，廈門市銀城佳園房地產開發有限公司黃添福先生接待，帶領參觀了多幢新建的商業樓宇，簡約講解產業投資的趨向與潛能，之後盛情款待午餐。一眾魚貫而入，在貴賓廳裡圍桌坐下。一張特大的圓桌，桌中央擺設了迷你自然景色，那小小噴水池讓我眼前一亮。而豐盛菜餚一道道外圍環繞，山珍海味，取之不盡。這一頓豪宴是我平生空前第一回。

午後一點三十分我們赴臨漳。一小時後我們參觀了臨漳鄴城遺址。六朝古都鄴城為東漢末年，曹操統一北方，雄踞中原時所營建。面積約二十平方公里，至今已經有兩千七百年的歷史。從春秋時期齊桓公始築鄴城到北周共歷時一千兩百餘年。期間先後為曹魏、後趙，冉魏，前燕，東魏，北齊六朝都城作為黃河流域政治、經濟，軍事、文化中心長達四個世紀之久，素有「三國故地，六朝古都」之美譽。穿越歷史長廊，隱隱、有鼓聲咚咚，有戰馬嘶鳴、我和幾位同伴走在祕密通道裡，虛擬倉皇逃難的心情。這是轉軍洞，基於戰爭需要而修建，向西一直通到講武城，長約六公里，一旦發生戰爭，可以把軍隊從城外調進城內，加強防禦力量；也可以將城內的軍隊潛出城外，出其不意的出現在敵人的後方，形成內外夾擊。目前，轉軍洞僅存八十三米。鄴城遺址其中景點還有文昌閣金鳳台，銅雀三台遺址公園。在明代中期之後，漳河氾濫，冰井臺全部、銅雀台大部被漳水沖沒，唯金鳳台巍然獨存。

第二處鄴城博物館占地六十五畝。主體建築面積五千兩百二十八平方米，附屬建築面積四千零五十平方米。館體仿鄴南城朱明門而建，凸顯漢魏建築風格，古樸莊重，宏偉大氣。而後參觀臨漳佛像造像館，博物館共有六個展廳。

近傍晚到了邯鄲賓館。旋之與市文聯召開座談會。出席者眾多，雙方彼此介紹，互相贈書，場面熱烈親切，肯定而且讚揚了我們海外作家以母語書寫的努力和付出，會後一起享用了豐盛的晚宴。

五月十四日早餐後考察黃粱夢。黃粱夢是邯鄲國家級旅遊點。由呂賓洞以掃帚題字，巧遇失意蘆生，借枕一眠而夢一生的事蹟，到乾隆題字等等。冒雨聆聽妙語如珠的導遊講解。單一個夢字和一個葫蘆她也能講得充滿人生哲思，之後還買了她一本書。分析夢字的結構，上下由四個部分組成，宛若我們一生的四個階段，弱冠，不惑、知天命，和暮年。

之後我們赴涉縣，在一二九師大夥房午餐。這一日從晨早下雨未停，十分寒冷。我穿著張可的冬袍，十分暖和，就擔心雨水濺打在衣袍上會有損壞。午餐時大夥不免對天氣驟然變冷一事多有憂思，皆因來時以為天氣炎熱，多未攜帶寒衣。而十五日我們要到深山七步溝，很可能要面對更低的溫度。說者無意，聽者有心，當日接待且陪同我們一起的領導細心體貼，拿起手機馬上召來寒衣販賣者，約好午飯後來這裡讓我們選購。一瞬間烏雲散盡，大家精神一振，品賞桌上佳餚美味，觀賞臺上精采表演，感恩感動。考察一二九師司令部舊址時，看到簡陋小房室，正是當初革命先烈日常居所，撫摸那一桌一椅，但覺今日的我們身處太平社會，盡享豐厚物質。感念當初的披荊斬莿，浴血奮戰的革命抗日精神，為國為民的無私心志，對比今日的人心汙穢，貪贓枉法，自私自利抬頭，實慚愧莫名，無顏面對先賢先烈。我久久徘徊在各個小房之間，抬頭仰望門前懸掛的名字，心中默念，緬懷追思不已。下午四點考察媧皇宮。可惜雨越下越猛，披上特為我們準備的雨衣，小範圍走了半圈，也就相互召喚著在水邊拍了大合照，回到遊覽車上一路徐徐前進。忙碌是一雙眼睛，左右觀望瀏覽，湮波渺茫，對岸朦朧間小樓房閣美不勝收，但想著這依江住下，可不賺得美美日子一盤，想歸想，旅人的腳步卻停不住。

五月十五日赴武安，考察京娘湖。這是我個人非常期待的一個地方。正巧來之前我剛觀賞了導演高希希作品大型古裝歷史連續劇大宋傳奇之趙匡胤，我對宋朝這一段帝位由父傳子而演變為兄傳弟的事蹟十分好奇，對「燭影斧聲」也頗有猜疑。

同時又加上後主李煜降宋的悲劇，因而凡有關宋開國史總會格外留意。大宋傳寄之趙匡胤一劇中剛巧有京娘這一段故事，是我之前不知道的。因此在行程上看到了京娘湖這三個字，怦然心動，自問：真有京娘？親身來到了這裡，果然見證了這癡女子。為愛而縱身一跳，唯有水的純淨才配得上京娘！

京娘原為甜美少女，為匪人所擄，幸遇年少年匡胤，勇救佳人，且自告奮勇一路護送京娘回家。豈知到家後京娘家人認為二人一路孤男寡女相伴，有違名聲，執意要兩人成親。二人固然彼此都有情意，但匡胤自問動機純良，不佔這便宜，且身處亂世，心志未遂，故執意拒婚。家人一再相逼，匡胤拂袖而去，京娘心碎，再次離家尋找匡胤不得，不願辜負匡胤，為守護自己這一份愛情，逐投湖自盡。

以這一段淒美的愛情故事為本，大智大勇有這李增書（河北京娘湖景區董事長），以獨到的眼光，驚人的魄力，打造了這頂級旅遊區。京娘湖共開闢了三大區城，為水上遊覽區，貞義島自然保護區和休閒度假區。我們這次有幸遊覽了自然保護區。

我們一行人到達之時，李增書董事長親自率員熱烈歡迎，先在會議室觀賞京娘湖景點錄影介紹，再由李增書先生親自陪同四處遊走。我們分坐兩輛旅遊車上山，途中轉換纜車。我對纜車一向抗拒，害怕那一份高空懸掛，一顆心也盪飛身外。多謝袁霓借膽作伴，笑語談說間不覺已到。跨出纜車踩踏在土地上，身心會合，重新有了踏實的感覺。沿著山路蜿蜒而上，走來不免氣喘腳軟。仰望雲中寺屹立眼前，遙遙相喚。待到寺前迴廊一站，冷風拂面，遠眺群山連綿不絕，俯看大地，但覺人間千年山中一日，就這半時一刻，我幾乎已脫胎換骨。這凡世愁煩困苦，何值一提？我但願久久，久久這樣站著，忘了世間，忘了自己。

下山時遇到新加坡詩人林錦，他也大受震撼，二人低聲尋問：「那處可尋得草蘆一間，就此住下，但管讀書寫字，豈不大妙？」我們總歸是說得痛快，奈何明知身上鎖鍊千綑萬綁，不易掙斷。

午餐設在京娘湖地質賓館。席開兩桌，大家盡歡而別。下午奔七步溝，參觀了八路軍戰地醫院，英雄紀念碑及天鏡湖。時間太過匆促，只能走馬看花。我們幾個繞著天鏡湖邊的回廊閣樓走一圈，這一湖如鏡清涼迴映雙眸，留駐心田。至今，我閉目尋思，漾漾眼前，就如依舊人在天鏡湖畔。當晚入住七步溝天門湖酒店。

五月十六日赴峰峰，考察北響堂寺石窟，磁州窯富田遺址，大家陶藝博物館。就在峰峰磁州窯會館午餐。之後下午考察武靈叢台。入住邯鄲賓館。

五月十七日赴大名，考察明城牆，大名縣石刻博物館和天主大教堂又名興化寺。午餐設在大名象館。後考察館陶糧畫小鎮，回邯鄲賓館晚餐和住宿。

五月十八日揮別邯鄲，知道是回程路的開端，知道這一走不知何年何月，說不出的依戀，說不出的不舍，我只能特意起個早，到賓館前的街道上漫步。也沒走遠，就在那排樹下的人行道上，來回走，不停地走，特慢特輕的腳步。這幾年來，我已經養成這樣的一種習慣，走步彷彿是一種自療，是一種完成。早餐後考察廣府古城八，在廣府會館午餐。後出發至鄭州。入住凱芙酒店，夜裡是餞別宴。

五月十九日各自飛。綠屏和我還是一起住同一間房，早餐時她說我們慢慢吃，今天不趕。我但覺心裡一緊，咽不下口。兩人緊挨著拍了一張合照。回房後有一句沒一句的說著話，她忙著變戲法把眾多東西部收納入行李。房裡有半面落地窗，我一個早上就徘徊窗前，看著青草地，好像看著時間就會停止走動。可到底時間分秒不差，絕不偷懶。綠屏和志敏到火車站去，我一個人到機場，都是十一點半離開的。

這一趟邯鄲采風，豐盛多姿，殊是最獨特的體驗。無關之前或之後，就這當下八天，綻放如春，在我生命中永不凋謝。

雲中寺

附錄

文化的饕餮大餐　文學的海天盛宴

——「世界華文作家看邯鄲」采風活動紀實

韓立軍

五月的中國，流金溢彩，燦若霓裳。

五月的邯鄲，草長鶯飛，姹紫嫣紅。

五月的鄭州新鄭國際機場，一架架客機鑽出雲層，呼嘯而來，用它闊大的身軀親吻著華夏大地。

澳洲、歐洲、北美洲、東南亞……

美國、德國、荷蘭、新加坡、澳大利亞……

從12日開始，一位位不同裝飾、不同國籍、不同語言風格的國際友人，不，應該說是遠方的遊子、離開家多年的親人、華僑，從世界的四面八方迤邐而至，慢慢地集聚了起來。

桃李不言、下自成蹊。一場註定不平凡的旅程就要啟航了；一場國際級的采風筆會的大戲就要粉墨登場了！

一、魁星集聚，燦若星漢

這是一場由《邯鄲文化》總編輯溫王林策劃，國家一級作家張記書先生牽線搭橋，由市旅遊局承辦，並經過長達一年的醞釀和發酵，最終與總部設在澳大利亞墨爾本的「世界華文作家交流協會」達成共識，邀請世界各地十八位華文作家來冀南明珠邯鄲進行為期一周的采風活動，其中包括邯鄲籍作家張記書和韓立軍。

看！坐在前面的這位精神矍鑠的老人，就是世界著名作家、世界華文作家交流協會祕書長黃玉液（心水）先生。後面的那位先生則是來自美國亞利桑拿州的周永新副祕書長。再往後，則是一位重量級人物，她就是印尼的國家作協主席袁霓會長。她後面的那位女士則是旅居德國，現任德中文化交流協會會長，也是我國著名畫家徐悲鴻的得意弟子譚勇教授的女兒譚綠屏……

飛馳的大巴，穿過豫冀省界收費站，邯鄲的南大門赫然打開。

文化和文學的盛宴就要開席了，第一道菜是參觀鄴城遺址博物館，領略建安文化的深刻內涵和風采。鄴城是北齊的都城，在中國的發展史上有著舉足輕重的地位，而建安文化作為邯鄲的十大文化之一，不僅是中國的第一個文學組織，而且其文化內涵意義深遠，影響頗大。所以，這道菜既是必備的，又是匠心獨具、意味深長的精心安排，更是海外作家們踏上邯鄲這片熱土的第一步、第一印象、第一感覺。

此時，邯鄲賓館的偌大會議室，已經燈火輝煌，燦若白晝。各大媒體、各路記者早已靜候在這裡，準備用自己的筆觸和鏡頭記錄下激動人心的歷史一幕。

市旅遊局局長苑清民來了，並帶來了市委市政府的問候和祝福；文聯副主席、邯鄲文學的掌門人趙雲江來了；市作協副主席李琦、牛蘭學、王承俊來了；著名的國家一級編劇溫王林來了……

名家、名師、大腕、大鱷；中西合璧、歡聚一堂、群星薈萃、格外璀璨。歡迎辭、祝福語、問候語，一句接一句；握手、擁抱、贈書、簽名，歡快的議程，一項連一項。

今夜，註定是一個不夜天；今夜，註定要載入邯鄲文明的發展史。因為，邯鄲要走向復興和繁榮，邯鄲要走向世界，還要讓世界瞭解邯鄲。所以，走出去和請進來，就是一個重要的方式，就是發展的戰略，就是謀事幹事的體現，就是宣揚邯鄲的視窗和途徑。

二、涉縣的愛情島，中國的亞當和夏娃

華僑們行走於世界的江湖，徜徉於世界民族之林，眼界自然更開闊，看事情自然更客觀、全面，看問題自然更獨特、犀利，更喜歡進行橫向和縱向的比較。

14日下午，細雨濛濛中，作家們來到了被譽為「華夏祖廟」的涉縣媧皇宮。這是一個有深厚文化底蘊的地方，是中國最大的女媧祭祀地。雖然天空中雨絲飄零，山風料峭，卻依然

難掩客人的熱情和興致。於是，傳說中的那個千古神話在風雨中再次被重申和頌揚。

女媧的功績一是煉石補天；二是摶土造人，開創了人類的婚姻制度。雖然煉石補天的豐功偉績可敬可佩，然而在崇尚人性和人權以及自然科學的海外作家眼中，他們一致認為女媧摶土造人、創造世界的業績更是具功至偉。所以，他們更認同這座山是愛情山，傍湖依水則為愛情島。

突然，來自澳洲的倪立秋博士發現了淹映在綠林從中的伏羲雕像，興奮地喊道；「那不是中國的亞當嗎？」

多麼美妙的遐想，多麼浪漫的比喻，多麼貼切的引申。在作家的眼中，世界是大同的。有中國的，就有世界的；有世界的，就有中國的。民族文化就是屹立於世界之林的根本，就是世界交流的語言和名片。

異曲同工，殊途同歸！這一刻，東方智慧和西方文化徹底交融了、貫通了。一樣的創造人類，一樣的創造世界，讓地球瞬間變小，小得似乎地球村的人都在一個桌子上面對面地吃飯。你的，我的，多元的，雜合的，等等一切文化，在邯鄲涉縣的中皇山上歷史性地不期而遇了，在世界華文作家的眼中和見證下必然地扭結在了一起。

三、邯鄲是中國文化的根中之根、重中之重

邯鄲有十大文化脈系，如果排一下名次的話，除了趙文化，就數北齊文化了。從臨漳鄴城到峰峰響堂山石窟，再到涉

縣媧皇宮，再到陪都山西太原，這是一個北齊文化帶，這個文化帶的中心就在響堂山石窟寺。

16日，世界華文作家采風團來到了聞名遐邇的北響堂石窟群。該石窟群從規模上不及敦煌莫高窟石窟、大同雲岡石窟、洛陽龍門石窟和天水麥積山石窟，在國內僅排名第五。然而，從文化內涵和深度來說，毫不遜色於其他石窟群。尤其是和佛教的淵源，以及對佛教的推廣和普及，對社會的教化和影響，都有著不可忽視的歷史價值。

來自荷蘭的池蓮子女士，站在石窟裡感慨地說：「中國是我們海外華人的根，而邯鄲是我們的根中之根啊！」說這話時，她臉上滿是自豪和興奮，一種找到了家、找到了根的喜悅，兀然而見。

來自新加坡的林錦博士也坦言，這次到邯鄲來，除了采風，還是尋根的。因為他們居住在海外，每時每刻想到的都是故土故鄉，並且用幾代人的生活經歷感悟到，哪裡最好？根最好！根重於一切！根就是國，根就是家，根就是所有炎黃子孫生生不息的窩，無論你走到哪裡，魂牽夢縈的都是這個家。

這就是偉大的民族精神和意志，就是華僑的家國情懷和赤子之心。在邯鄲這片熱土，在峰峰北響堂石窟，我祈願每一位華僑都多看看、多摸摸，多浸染一些中國文化的厚重和古樸，在未來的日子裡，無論縱橫江湖，還是叱吒世界，這都將是您不竭的原動力。

四、結尾不是結局，結果不是結束

18日，采風的目的地是馳名中外的太極聖地——永年廣府。

此時，筆者感到了一絲沉悶和壓抑。因為今天是采風的最後一站，中午過後，為期一周的采風活動就結束了，就又五湖四海天各一方了。

廣府不愧為太極之鄉，遠遠地就被我們嗅到了太極的氣息。待到進入楊露禪的故居，這種身臨其境的感覺更是濃郁了。院子裡面有幾位拳師正在演練太極拳，來自澳洲的婉冰、來自荷蘭的池蓮子、來自德國的譚綠屏等作家見狀，紛紛上前，跟著拳師練了起來，那一招一式，蠻是地道，看得出來，她們在異國他鄉也是練太極的。

都說太極文化已經走向了世界，今天總算是被佐證了。

廣府的文化是濃厚的，除了太極，還是巍峨的古城牆，還有古老滄桑的趙州橋的姊妹橋弘濟橋。

廣府的主人是熱情的，在雄渾的甘露寺，法師用金黃的哈達來迎接這些貴賓；楊氏太極拳第六代傳人楊建超親自為客人演練太極推手……

不，應該說所有的邯鄲人都是熱情的、豪爽的，這既是一種本質，更是一種態度。從采風活動醞釀之中開始，這種做派就已經顯現出來了。首先是市領導的重視，並做了指示和批准。然後是旅遊局長苑清民重視，並親自安排，使采風活動暢通無阻，順利圓滿。再次是各區縣的有關領導，以及各景點的負責人親自作陪，並且在各景區的大門打出歡迎字幕，使氣氛變得隆重熱烈。特別值得稱頌的是館陶縣人大副主任牛蘭學，不僅親自到大名迎接客人，而且親自在糧畫小鎮擔任解說員，表現出了較高的政治素養和人文精神，把采風活動上升到了一種政府行為和一種政治高度。

天下沒有不散的筵席！分別的時刻終於到了。握手、擁抱、感慨、流淚……一切能表達深情厚誼的方式方法都用上了，內心留下的唯有對各位華僑作家的深深敬意和誠摯祝福。

好在各位作家是有約定的，他們將在短期內，把這次采風的內容，用文字的方式，用文學的手法，用世界的眼光，用世界的角度，寫出見聞和感想，除了集結出版外，還要用各種文字、語言、方式發表和傳播。讓邯鄲走向世界，讓世界瞭解邯鄲，付諸行動和努力，做出貢獻和成績。

左起：艾禺、韓立軍、婉冰與心水合攝於鄭州凱芙國際酒店

韓立軍，大學文化，高級政工師，河北省新長征突擊手。筆名漢武、陸蚓等。從事創作多年，寫作題材十分廣泛，創作領域頗豐頗雜，從新聞到言論，從散文到雜文，從報告文學到科幻小說等。

世界華文作家交流協會邯鄲采風團名單

團　長：墨爾本黄玉液祕書長

副團長：荷蘭池蓮子副祕書長

團　友：加拿大林楠副祕書長、美國壓利桑那州周永新副祕書長、馬來西亞朵拉副祕書長、印尼袁霓副祕書長、墨爾本婉冰中文祕書、新加坡艾禺中文祕書、墨爾本沈志敏財政祕書、德國漢堡譚綠屏文友、墨爾本莊雨文友、墨爾本倪立秋文友、新加坡寒川文友、新加坡林錦文友、沙勞越晨露文友、河南王學忠文友、河北張繼書、張可和韓立軍文友。

世界華文作家交流協會
第三屆顧問與祕書處職守

名譽顧問：黃添福董事長（廈門）、雷謙光盟長、柯志南董事長（墨爾本）、陳文壽總經理（雪梨）、馬世源會長、劉國強委員、林見松委員、王桂鶯會長、葉保強太平紳士、陳之彬教授、蘇震西先生、伍長然會長、伍頌達主委、蔡旭亮師傅、陳冠群先生、區鎮標主席、吳天佐會長、孫浩良會長、陳如董事長、林子強教授、馮子垣名譽會長、陳世愷名譽會長、劉彪總教練、（墨爾本）、黃玉湖先生（瑞士）。

常務顧問：黃惠元、游啟慶、鄭毅中、黃肇聰。（墨爾本）

顧問團隊：陳銘華（洛彬磯）、黎啟明（南澳）、譚毅（雪梨）、孫浩良、周偉文、趙捷豹、楊千慧、廖嬋娥、蘇華響、葉膺焜、莫華、徐國聯、黃明仁太平紳士（墨爾本）。

學術顧問：陳若曦教授（臺灣）、黃孟文教授（新加坡）、黃金明教授（閩南師大）、苑清民教授（河北邯鄲）、白舒榮主編（北京）、林繼宗院長（潮汕）、何與懷博士、蕭虹教授（雪梨）、汪應果教授（墨爾本）。

詩詞顧問：廖蘊山（墨爾本）、毛翰教授（福建泉州）、林煥彰、方明（台灣）、秀實（香港）。

醫學顧問：郭乙隆醫生（墨爾本）、池蓮子醫生（荷蘭）。
法律顧問：李美燕大律師。（墨爾本）

名譽祕書長：黃玉液（墨爾本）

祕 書 長：池蓮子（荷蘭）
副祕書長：尹浩鏐博士（拉斯維加斯）、曾心（泰國）、郭永秀（新加坡）、張記書（河北邯鄲）、許均銓（澳門）、葉錦鴻（婉冰　墨爾本）、袁霓（印尼）、張奧列（雪梨）、林爽（紐西蘭）、華純（日本）、林楠（加拿大）、王昭英（汶萊）、朵拉（馬來西亞）、洪丕柱教授（昆士蘭）、東瑞（香港）、周永新（亞利桑拿州）、綠茵（越南）、王勇（菲律賓）。
公　　關：高關中（德國）、方浪舟（雪梨）。

英文祕書：洪丕柱（兼）

中文祕書：艾禺（新加坡）

財務祕書：沈志敏（墨爾本）

文友名單：陳若曦教授、（臺灣）、荒井茂夫教授（日本三重）、古遠清教授（武漢）、池蓮子、夢娜（荷蘭）黃孟文教授、艾禺、寒川、君盈綠、林錦博士（新加坡）、何與懷博士、方浪舟、黃惟群、蕭蔚、趙建英、張曉燕、李富祺（雪梨）。柳青青、為力、張鳳、融融（加拿大）。梁柳英、王克難（洛杉磯）、姚茵博士（馬里蘭州）、黃玉液、黃惠元、沈志敏、齊家貞、陸揚烈、李照然、張愛萍、汪應果教授、子軒、張敬憲、倪立秋博士、莊雨、杜國榮（墨爾本）、劉熙鑲博士（昆士蘭）。曉星、孫國靜（印尼）、白舒榮（北京）、苑清民教授、張可、韓立軍（邯鄲）、牛蘭學（河北館陶市）、欽鴻、程思良（江蘇）、劉紅林（南京）、毛翰教授、古大勇副教授（泉州）、南太井蛙、石莉安、林寶玉、艾斯（紐西蘭奧克蘭）、曹蕙（一級作家）、段樂三、李智明（長蒿）、唐櫻主席、文吉兒（湖南）、胡德才院長（武漢）、郁乃、陳永和、和富　生教授（日本），譚綠屏、高關中（漢堡）、麥勝梅（德國威兹菈Wetzlar）、倪娜（柏林）、阿兆、王潔儀、林馥、秀實（香港）、林明賢教授、涂文輝教授、林祁教授（廈門）、林燕華、蔡忠（越南）、李國七、杜忠全、小黑校長（馬來西亞）、楊菊清博士（新疆）、蘇相林（遼寧）、王學忠（河南安陽）、方明、陳美羿、朱振輝（道弘、臺灣）、朱運利（汶萊）、羅文輝（江西）、林繼宗院長、辛鏞（廣東潮汕）、凌峰（雲南）、陳圖淵（廣東深圳）、楊玲主編、曉雲、若萍（曼谷）、晨露（沙勞越）、林素玲、溫陵氏（菲律賓）。

會友九十七位、十八位副祕書長、總計一百一十五位。

醸文學220　PG1732

來一次尋找的旅行

——世界華文作家看邯鄲

編　　著	世界華文作家交流協會
責任編輯	盧羿珊
圖文排版	周政緯
封面設計	蔡瑋筠

出版策劃	釀出版
製作發行	秀威資訊科技股份有限公司 114 台北市內湖區瑞光路76巷65號1樓 電話：+886-2-2796-3638　傳真：+886-2-2796-1377 服務信箱：service@showwe.com.tw http://www.showwe.com.tw
郵政劃撥	19563868　戶名：秀威資訊科技股份有限公司
展售門市	國家書店【松江門市】 104 台北市中山區松江路209號1樓 電話：+886-2-2518-0207　傳真：+886-2-2518-0778
網路訂購	秀威網路書店：http://www.bodbooks.com.tw 國家網路書店：http://www.govbooks.com.tw
法律顧問	毛國樑　律師
總 經 銷	聯合發行股份有限公司 231新北市新店區寶橋路235巷6弄6號4F 電話：+886-2-2917-8022　傳真：+886-2-2915-6275

出版日期	2017年6月　BOD一版
定　　價	380元

Printed in Taiwan

國家圖書館出版品預行編目

來一次尋找的旅行：世界華文作家看邯鄲 / 世界華文作家交流協會編著. -- 一版. -- 臺北市：釀出版, 2017.06

面；　公分. -- (釀文學；220)

BOD版

ISBN 978-986-445-196-8(平裝)

839.9　　　　106004427

讀者回函卡

感謝您購買本書，為提升服務品質，請填妥以下資料，將讀者回函卡直接寄回或傳真本公司，收到您的寶貴意見後，我們會收藏記錄及檢討，謝謝！

如您需要了解本公司最新出版書目、購書優惠或企劃活動，歡迎您上網查詢或下載相關資料：http:// www.showwe.com.tw

您購買的書名：________________________________

出生日期：________年________月________日

學歷：□高中（含）以下　□大專　□研究所（含）以上

職業：□製造業　□金融業　□資訊業　□軍警　□傳播業　□自由業
　　　□服務業　□公務員　□教職　□學生　□家管　□其它_____

購書地點：□網路書店　□實體書店　□書展　□郵購　□贈閱　□其他

您從何得知本書的消息？

□網路書店　□實體書店　□網路搜尋　□電子報　□書訊　□雜誌
□傳播媒體　□親友推薦　□網站推薦　□部落格　□其他__________

您對本書的評價：（請填代號　1.非常滿意　2.滿意　3.尚可　4.再改進）

封面設計____　版面編排____　內容____　文／譯筆____　價格____

讀完書後您覺得：

□很有收穫　□有收穫　□收穫不多　□沒收穫

對我們的建議：________________________________

____

____

____

請貼
郵票

11466
台北市內湖區瑞光路 76 巷 65 號 1 樓

秀威資訊科技股份有限公司 收

BOD 數位出版事業部

（請沿線對折寄回，謝謝！）

姓　　名：＿＿＿＿＿＿＿＿　年齡：＿＿＿＿　性別：□女　□男

郵遞區號：□□□□□

地　　址：＿＿＿＿＿＿＿＿＿＿＿＿＿＿＿＿＿＿＿＿

聯絡電話：(日)＿＿＿＿＿＿＿＿＿＿　(夜)＿＿＿＿＿＿＿＿＿＿

E-mail：＿＿＿＿＿＿＿＿＿＿＿＿＿＿＿＿＿＿＿＿